U0754681

流光里的

精灵

LIUGUANGLIDE

JINGLING

董蕊茜 / 著

电子科技大学出版社
University of Electronic Science and Technology of China Press

图书在版编目（CIP）数据

流光里的精灵 / 董芯茜著. -- 成都 : 电子科技大
学出版社，2018.6

ISBN 978-7-5647-5859-2

Ⅰ.①流… Ⅱ.①董… Ⅲ.①散文集—中国—当代
Ⅳ.①I267

中国版本图书馆CIP数据核字（2018）第045457号

流光里的精灵

董芯茜　著

策划编辑　魏　彬
责任编辑　魏　彬

出版发行　电子科技大学出版社
　　　　　成都市一环路东一段 159 号电子信息产业大厦九楼　邮编 610051
主　　页　www.uestcp.com.cn
服务电话　028-83203399
邮购电话　028-83201495

印　　刷　三河市腾飞印务有限公司
成品尺寸　148 mm × 210 mm
印　　张　8.5
字　　数　175千字
版　　次　2018年 9 月第一版
印　　次　2018年 9 月第一次印刷
书　　号　ISBN 978-7-5647-5859-2
定　　价　45.80元

目　录

被雕刻的时光

与小花

小花 "破土" 于20世纪60年代初，在她之前，她家中已有五个孩子。小花是她母亲的收官之作。

一个大脸盘，圆溜溜的眼珠子闪着灵光，笑起来怎么也藏不住的小虎牙，百灵鸟般的嗓音，生动又有韵调的身姿，谁见了小花都喜欢。小花打小就是个吃货，每到傍晚，她就蹦跶着到家门口迎接自己的父亲。因为她知道，下班归来的父亲准不会忘了给她捎一些时新的糖果和甜点。

哥哥姐姐疼、爹娘宠，小花的生活被注入了五彩缤纷的理想化色彩。

二十六岁那年，小花步入婚姻的殿堂。新郎的家在城郊，较为贫寒。他一身清瘦，一副大眼镜霸占了脸部三分之一的面积，一本正经的读书人长相和气质。小花就这样出嫁了，没有穿婚纱，没有拍婚纱照，没有酒店里隆重的仪式，一点也不风光。她花了一个月的工资给自己买了条素雅的白色套裙，中间镶嵌着碧绿色的花纹，没有浓妆艳抹，她就那样站在道喜的人群之中，宛如池塘里一朵静静盛开的莲花。她用偷偷攒下的积蓄给自己买了嫁妆——一个箱式的集旧式唱片与磁带播放为一体的播放机，以及一对立式的半米高的音响。另有一些婚礼花销剩下的钱，小花兴奋地拿出来数了又数，顿时拍板要和丈夫来一场蜜月旅行。

我认识小花的时候，小花已经二十七岁了。

我认识的小花还是一以贯之地爱吃。家中的橱柜里总是塞满了各式零嘴，什么饼干啊、瓜子啊、花生啊、话梅啊。当我意识到这些东西我能吃、它们也确实好吃的时候，我便对橱柜里的零食展开攻击，以至于我的牙齿全线崩溃。有一阵子，突然发现橱柜里的零食不如往常一样多了，还在寻思和感叹小花是不是移情别恋又有了零食以外的喜好。一天，正和小花看电视节目，小花目不转睛地盯着发光的屏幕，吩咐我去给她拿多味花生。"哪来的多味花生，橱柜里没有啊！"我凭记忆直接回复她，也没有起身的意思。她眼珠子滴溜溜地一转，透着些神秘，迎着我的目光说："你去墙上挂着的菜篮子里找找，看有没有？"好家伙，我居然真的在毫不起眼的菜篮子里发现了一包多味花生，连同一起查获的还有一包果珍（用来冲果汁的粉）、一袋麦丽素（巧克力豆）！这下才意识到，原来小花竟然瞒着我偷偷吃零食呢！为此我生了气，半天都没理她。

又有一次，我陪小花去探望她年迈的姑姑和姑父。聊得正开心时，她的姑姑引我到房中，抽开电视柜的第一格抽屉，只见里面躺着一管糖果，棕色的包装，包装纸上印着簇拥成一团的咖啡豆。"西西，来，这个是进口的糖，很好吃的！你要不要来一颗？"她的姑姑悄悄对我说。不知怎么的，我突然嗅到空气中有一股杀气，转头一看，小花就站在我们身后。"不要不要，谢谢了！"我马上答复。小花的脸立马转晴，又露出她那颗虎牙。"除了咖啡味，还有其他口味儿吗？"我最终还是坦白了自己的真实想法。顿时，除了我以外，其他人的脸都挂了三道黑线。再看小花，阳光朝她洒过来，黑黑的阴影映在墙上足足占据了半面墙。仿佛一个天大的秘密被揭穿了，我的脸一阵阵发烧。

小花三十多岁的时候，经历了一场轰轰烈烈的国有企业改革。在小花下岗之前，她的丈夫先跳出了这个圈子，化身于茫茫大海中的一条小鱼，好不容易找到了一份还过得去的工作，却被告知要常驻外地。这下，我上学再也没人接送了，也没人给我们做饭了。我就成了小花那段日子里相依为命的人。

小花照例要上班，而我要上学。起先小花每日中午都做一份饭送到学校里来给我吃，常常还附带一个时令水果。我难以集中注意力，吃饭的时候很容易分神，时不时东张西望，还常常和同学打闹，满教室跑。小花只得跟在我屁股后面给我喂饭。一顿饭吃下来，如同一场重大的灾难现场，课桌及教室地上都是饭粒。小花遗憾又无奈地摇摇头，收好饭盒，骑着自行车扬长而去。有时小花会命令我当她面把水果啃掉，倘若时间来不及，她就再三叮嘱我一定要吃。而我则偏偏厌恶吃水果，所以萌生假装吃了水果的念头。通过我细心观察，教学楼里的主楼梯一侧是做的镂空水泥墙，每一道缝隙之间的距离刚好可以放下一个水果，于是，不想吃的水果就被我悄悄扔进镂空的墙里，没有一百次也有八十次。后来小学翻新了，我一直担心拆掉那堵墙的时候施工队会不会发现有巨大一摊烂水果的惊天秘密，我犯下的滔天罪行会不会传到小花的耳朵里。当我站在焕然一新的小学大门口时，这才深深地舒了口气。

后来小花确实没有时间给我做饭和送饭了，只得给我钱让我和其他同学一样在校外餐饮店买饭吃。有天中午，一个同学带我去吃校门口转角处的八宝粥，我吃到一半，同学示意我往后看，我一转头，发现小花推着自行车站在我身后，一脸欣慰。原来她是专程翘班来调查我是不是有认真吃饭。

小花凭借着她一笑露出一颗小虎牙的萌像和如流水一样悦耳的声音征服了很多不同年龄层的人。我的同学都被她深深地吸引，一到周末便抢着到我家来，吃她做的饭。小花当然不排斥热闹，和颜悦色地给她们做好吃的。直到大学，连远在外地的朋友第一次到我家来见过小花，都会忍不住夸赞她，她则害羞地笑着。让我很惊诧的是，和我年龄相仿的女孩子都喜欢向小花倾诉连自己的家人都不肯透露的秘密，小花是被赋予了什么魔法吗？

小花结婚时候的嫁妆——那台播放机，最多的是被用来放鞠萍姐姐讲故事。她为我买来许多磁带，有歌曲的，但最多的则是讲故事的。小花也爱讲故事。她把我的姐姐们订阅并浏览完的书刊装订成辞海厚度的大册子，睡觉前就从床头柜里拿出来念给我听。小花的声音如音乐，我不需要看图画，不需要看任何影像，只要听到她的声音，一幅幅生动的图画便跃然眼前。小花可能是我认识的最会讲故事的人！

经历了国企改革，自己所在的工厂倒闭，下岗，失业，再就业，眼看着自己从事的行业由几年前的朝阳产业在这短短的几年内轰然坍塌为夕阳产业，小花和迷失在这座城市里的其他人一样，孤独又彷徨。周围的朋友有迎着改革开放的潮流经营自己的生意的，也有继续在其他单位寻觅自己的位置的，小花如同被置于万花筒中，如何也看不出个究竟来。我常常于睡梦中醒来，听见小花在笑，我问她笑什么，她说"我梦到你考上大学啦"！时光荏苒，多年后，我可是给她做了好多思想工作她才情愿让我读博士呢！

如果说，小花对我有期待，那么可能是希望我成为一名舞蹈家。

我八岁的时候，小花送我去舞蹈班。每到周末，雷打不动地骑自行车送我去舞蹈班。我跳舞的时候，她则坐在一旁一边默默帮我记下老师教的动作，一边观察我的动作以便课后指出。九岁的时候，我被她送到一个更专业的舞蹈班，基本功和舞蹈的要求是之前的强化版，对于我来讲则是严苛了好几个度。专业班离家就有点远了，骑自行车太耗时耗力，但小花还是一节不落地陪我坐公交去学舞。小花在我的舞蹈课堂算是一个旁听生，老师教的东西都被她学了去，课下就延长我的训练时间，按照老师的要求原模原样地让我绷脚背、压腿、倒立、打前桥。枯燥乏味的基本功让我失去了对舞蹈的兴趣，也因为吃不了这份苦，我以学业为重的理由央求小花放弃继续给我报名学舞蹈的念头。后来，在我不记得第多少次央求的时候，小花扫兴地垂着头，眼皮耷拉着，不看我一眼，长叹了一口气。这就算默认我以后再不用去学舞蹈了。

直到多年以后，小花被从小一起长大的闺密拉去老年大学的舞蹈班，在某一次无意间看小花的舞蹈演出视频的时候，我又仔仔细细辨认了一下我的小花，才意识到，原来舞蹈这片天地就是属于她的啊！她把她的舞蹈梦寄托于我，却被还以一万个不情愿，而最终，只能由她自己来实现梦想。小花的大脸盘被岁月打磨没了，虎牙也被拔掉了，她已经没有了我刚认识时的朝气。但是跃到舞台中央的她，带着起起伏伏的人生经历，释放着她积攒了半辈子的对舞蹈的情怀和眷恋，一颦一笑之间，勾兑着一幅生动灵韵飘然若仙子又弥漫着烟火气的画卷！

还是那个充满理想主义色彩的小花，大概在二十年前，有一次被医院查出来后背上长了一颗肿瘤，医生建议她做手术切除。她以平时给我讲故事的口吻对我说："西西，我明天要去做个手术，万一手术不成功，你能接受爸爸给你找一个新的妈妈吗？"当时我以为小花在讲故事呢，直到第二天坐在教室里回想起这句话，才开始紧张不安，手心发汗、焦灼、耳鸣，什么都听不进去，一心只想着小花手术究竟会不会顺利。那天我在家等她等到晚上八点，直到门锁被拧开的那一刻，一个明晃晃、温柔又灵动的小花出现在我面前，内心忽地被塞满了踏实和幸福。

是的，那个小花，就是我的妈妈。

且以欢喜，且以永日

"我刚怂恿弟弟给他的心上人儿买束花来着！"雨点儿挣脱了夜幕撒了欢地往人头上蹦，我索性钻进了车后座里，冲坐在驾驶位的王老师说。

"你想要花吗？"他开了一天的车了，没有转头，疲惫地应着我的话。面对这样的问题，我还是走心了。我想要花吗？如果"要"是拥有，那么我不想要。我只愿窥见其美，却不愿目睹它凋零再埋葬，但是如果……车内空气好像凝固了。突然他把一只大长方形盒子朝我递了过来，我大脑有点短路，一时间有点惊，又有点喜，转而有些失落，却也不是滋味，他还是送花给我了，我暗想。终究还是下手去打开盒盖，只见九只穿戴可爱的玩具小熊被扎成一束，安静又羞涩地对着我，内心忽地柔软了起来。

忍不住再一次打量坐我斜前方的这个头发凌乱的男孩子。女孩子都爱花是常识，偏自己的女朋友是个怪胎，爱花却又拒斥花，于是送了一个形式讨人喜欢、内容又不会引起伤感的东西做礼物。这样的时候，我总是心生感激，上天是多么厚爱我呀，赐予我这样舍得花心思讨我欢喜的人生伴侣！

还记得第一次见他，朋友介绍我们相识，他出于礼貌，邀我及朋友小两口共进晚餐。那是我人生中第一次被打上相亲标签的饭局，主角照说应该是我，可是我实在太不打眼了——只是穿了普通得再普通不过的衣衫和裙子，随手束了个马尾，就这样出现在他面前。他看起来也没刻意准备，眼镜片上灰蒙蒙的一层，上身一件白色衬衣，领口有些泛黄。整个过程他都与大家相谈甚欢，以至于我过分关注他的讲话内容及表达方式而将自己演绎成了一个安静的女子。

通过对他侃侃而谈的内容进行归纳、定性，我大致总结出他的如下特征：爱皱眉头、有点凶、古板、市侩。依我的判断，这样的男子大概是不会爱上一个成天不着调、不接地气的像我这样的女孩子的。不禁一喜，正好，我这种脱了缰的野马也没法爱上一个与我概念中的老领导形象完全吻合的人。

也是出于礼貌，他提出开车送我回家。从武昌到汉口，路不算漫长，话题却被生生地扯到婚恋观和人生观上，全是他在提问，逻辑清晰、针对明确、层层深入、环环相扣。念及朋友一番用心，我回答得还算严谨妥当，毫无敷衍之意。然而内心我全当他试图通过理性找到在感性上无法激起的对我的好感，那种难度，就像在海底打捞一只沉船。

整场谈话连唾沫星子里都夹着形式感，唯独聊到读书使我想多与他说几句，却因读书类别的差异、见地的不同，那一点好感又溜走了。

再次见到他的时候，与第一次见面隔了三十来个小时。然而我没预料到的是，他在这三十多个小时里做了关于我的好多功课，以至于很长时间里，我一打开微信就发现他在我的某些陈年说说上点了赞、留了言。他买来我写的书，兴冲冲又有些懊恼地告诉我，看微信主页才知道我原来还写过书，所以第一时间买来一睹真容。他知道我要回学校了，所以开车来我家楼下接我。一切都不在我的意料之中，一切又有点顺理成章。

他是对我产生好感了？是什么让他对我产生好感的？那晚与他的对话将我塑造成了一幅值得交往、适合交往的图景？

后来我们常常见面，以我推脱不掉的理由。我几乎下定决心不和给我留下这样的第一印象的男孩子恋爱，于是想狠下心与他保持距离，可是始终又为自己对他的冷漠态度感到可憎与愧疚。

想想他除了一口官腔，一身领导范，古板了点、俗气了点，也并没有什么致命的缺点。他有着无人能及的厚脸皮，你尽管说不讨他欢心的话，他顶多耷拉着脸，不到十分钟就又笑嘻嘻了；他也有无人能及的细心，你的一举一动、一颦一笑他全收在眼底；他好像也很会关心人，你的小伤小病都被他视作大任务、大问题去攻克、去解决；他总有使不完的力气逗你开心，说的句句话都能到心坎里……

最重要的是他善良、坦诚，他并不恶意欺骗，甚至很多故事、想法会真诚地拿出来分享，哪怕并不总是好听的故事。

刚认识的时候，他总有意无意坦白他前女友，那个和他经营了五年感情的女孩子。我总当故事来听，不痛不痒。不知道从哪个时候起，我发现自己不能像原来那样平静地听他的故事，然后摆出一副事不关己的态度来了，我甚至想还原更多细节，我找来他前女友的照片，看他们经历的那些过往，回味他对前女友悉数的好，种种这些都会使我在不经意间心情变得沉重，有时也如打翻了醋瓶子，心头一股酸涩味儿。这时我才发现，原来我的心已经一点点地被他侵占了。

意识到我开始喜欢他的时候，我就有点排斥他对我毫无保留的好了。这种好，好得歇斯底里，好得没有进路也无路可退。这种好只能活在一个人拼命追求爱情的时候。尽管它有时让我陶醉，可更会在我清醒的时候意识到它是一种消耗，消耗着未来人生伴侣的精力，消耗着他的时间。于是我亲自结束了它，结束了这种消耗式的考验，我们就这样在一起了。

我认识他才一个月的时间，就被他领回了家。那一天，他家一楼超市正常营业，二楼属于家的私人空间堆满了人，空气被一种混合了兴奋与激动还有好奇的东西搅拌着。那是我人生中头一次体会到什么叫兴师动众，也是头一次体验到身处超级大家庭的热闹和温暖。

就在今早，离开他家的时候，他的母亲趁我在超市里晃悠，把准备好的布袋拿出来，麻利地将货架上她稀罕的东西往袋里装，一边装一边询问我："西西，这个洗发水你拿回去用好不好？省得再上超市买去。""西西，阿姨觉得这个饼干怪好吃，我也给你装一袋……"就这样，不到五分钟的时间，袋子已经塞满了。这样的待遇，实在过于隆重了。

他们家在地理格局和生活状态上不算是典型的中国农村家庭，20世纪90年代他们就迁移到离高速公路不远的一条小街，从此过上不依傍田地的日子。我无法想象他的父母亲是如何将一间小杂货铺开成一家超市的，更无法想象他们是如何生养他及小他一岁的弟弟、小他三岁的妹妹长大成人、读书求学的。我在他父母亲及家人眼中挖掘的善良本质，以及感知到的吃苦耐劳的精神，让我对这个本来陌生的家庭充满了好感。

他总是以家族长子嫡孙自居，言是这样，行也不例外，样样事情他都毫不含糊地揽在身上。我起初讶异于他这样强烈的家族使命感与责任感，我从没见过一个男孩子承担着与他年龄完全不相称的压力。也是这份担当使我的自私与逃避显得相形见绌，把我的黑暗暴露无遗。暴风雨袭来时，他只是站在我面前，虽然他的身高和体型都不能为我遮挡什么，却让我感到温暖和踏实。

爱情总叫人矛盾、纠结，也自怨自艾。他于我，是互补型的另一半：我在生活里所有不擅长的技能，于他都是强项；他所缺乏的，却也正是我在发展的。他总有对人和事操不完的心，为了各种大小事奔忙辗转，像一只陀螺。我却很吝惜自己的时间，好沉浸在自己的世界里，两耳不闻窗外事，活像一株小草，扎根在土里。

我们都有凸起的眉头，小山包一样的，他比我更明显，使得我常想拿电熨斗熨平了它。我有时也徒生苦恼，他这样分散精力地对每个人好，会不会我得到的爱就被他人瓜分完了？这是一个不能计较的问题。然而最终我心底给出的答案是，我还是希望他这样子为很多人操心，因为这样他就会获得很多人的关心、爱心，我、我们也会被更多他疼惜的人疼爱着。

我承认自己很多时候很无趣，不喜欢频繁地交朋友，不喜欢花时间逛街，不喜欢参加聚会，大多数时间都宅在屋子里，与书对话，与自己对话，喝茶，听音乐，保持内心的充盈。他这只陀螺竟也会偶尔停下来，钻到地里，推掉酒局、麻将局陪我一同虚度时光，躲在车里听雨，或者去书吧读书。

我们的性格如出一辙地执拗、顽固，于是常有意见不合，他的情绪如一颗子弹，只冲一处去。如果能避开，倒是万事大吉，不过我常常往枪口上撞。我的情绪来了，则如山洪奔袭、楼宇坍塌，无人幸免，他往往要使自身脱难，还要用心"灾后重建"。这可是个大工程！

从前我常幻想，我定要找一个玉树临风、飘逸俊朗、让人嫉妒得咬牙切齿的男子。是遇事能独当一面的有魄力的汉子，也是有才情会写诗作画予我的才子。憧憬就像远方隐约闪烁的灯火，引我向前，催我成长。

真正有所成长以后，才发现，原来那灯火不是目的地，只是一种指引，它用它的虚幻照亮了现实，带我从不食人间烟火的狭隘走向世俗的通途，抛却不切实际的念想，关注当下，脚踏实地，却也守得星光满天。

渐渐发现，他就是我的憧憬，引我接地气，观照现实。他也保护着我的幻想、我的憧憬。他不能赠予我满天星光，却能陪我守候星光满天。

虹

从中国澳门启程前往深圳的轮渡，客舱内是静谧又庄重的白漆，座位中规中矩地分别依两侧窗户而排开，一侧四列，紧密衔接。我坐在近过道处，身旁是几位前几日出席活动初识的朋友。此前行程积攒的疲惫被释放在这个宽敞的空间里，船舱里时不时响起一阵阵鼾声。我也着实疲惫，坐姿有些慵懒，只是大脑如上了发条的机器，格外清醒，也不知道是不是因为马上就要见到虹了——那个曾经占据了我大部分的喜怒哀乐，现在和我异地，偶尔在我生活里冒泡的大学室友。

毕业后第二年，我们因参加室友小雨的婚礼聚过一次。这是毕业后的第三年，我从中国澳门返回，路过深圳，决定无论如何也要在她所在的城市停留几日。

她出现在我面前的时候，我眼前有些波浪起伏般影影绰绰，一袭暗粉色的改良中式旗袍罩住了她脖子以下脚腕以上的有些圆润的身体，脸蛋儿和脖子白得如从池塘新鲜采摘洗净的粉藕，蜷曲而有光泽的长发海藻一般垂下来，像极了二十世纪二三十年代留过洋的女先生。只见她右肩挂着一只黑色印有某书店字样的布包，左手又提了个被撑得奇形怪状的塑料袋，袅袅婷婷地朝我走来，走近了才发现那塑料袋里装的是提前为我的朋友们准备的饮料。

"不好意思，我只知道和茜同路的还有你们几位好朋友，却不知如何称呼，亦不知你们的喜好，所以就按我的心意挑了这几样饮品，别见怪！"她一边腼腆地把水瓶往外掏，一边细声说道。

她还是那样，招待朋友总是全心全意，姿态低到尘埃里，我为自己有这样的朋友自豪，心底又生出一丝心疼。

"茜，我带你去一个地方。这个地方呢，是我每次去都会想到你，想必你也会喜欢来这里的。"她替我买好地铁票，握起我的手，她的手软绵绵的。

我们就这么并肩走着，就像2008年的那个秋天，我们并肩走在从宿舍楼去开水间的路上。

"我叫杨虹，我家在福（湖）南楼底（娄底），我们同宿舍还有两位山东和两位陕西的女孩，山东的那两位好像分别叫郭慧方和李莎，还有一个家就在学校附近的红旗厂，叫慕小帆；另一位叫王雨泽，家在咸阳……我知道你是武汉的，你叫董什么茜来着？嗯，以后我就叫你茜好了！"

不知道她是因为提了两个开水瓶还是因为收拾了一天床铺而有些倦怠，她弓着身子走在我身边。湖南妹子确实五官清秀，月光下，她的额头也显得格外饱满，就是话匣子一旦打开就如那机关枪一样，实在有些恐怖。我暗暗思忖。

"喏，把水壶瓶盖打开，挪到水龙头下，接着呢，嗯……"她将手伸进口袋里一阵摸索，一张卡片飞旋到地上，她冲我咧嘴一笑，旋即弯腰捡起那张卡片，插进感应槽里，"嗯，就是这样，把卡放进去，水就会出来，然后快打满了你就把卡抽出来就好啦！千万要小心哦！"

我有些看呆了，一时间觉得她话多，然而又不那么像机关枪了，像紧凑的鼓点，不对，更像潺潺流水，上善若水。回宿舍的路上，月光刚好洒在她的头顶，恍惚间觉得她居然有点像天使。

就在入学当年的中秋夜，寝室里其他姑娘回家的回家，聚餐的聚餐，只剩下我和虹，于是相约去逛校园。那时候离军训结束才没多久，两个黑黢黢的人儿在夜色中基本不具备什么辨识度，唯有絮絮叨叨地各叙来路的过招划破夜色。后来走累了，我们找一个花坛坐了下来，一时间竟接不上话，于是我提议就坐在这里唱歌，唱儿歌。我起先小声起头，她随即便投入进来，她的歌声被注入无忧无虑的旷达，声线空阔而明亮却也温柔，我们唱"小燕子穿花衣"，唱"让我们荡起双桨"，不知不觉中双手在天空中挥舞起来。间或有人路过，在我们面前驻足停留，我们也似沉浸在自己的世界里，浑然不知自己作为被围观者的窘态。

我们约好报名加入学校的广播台和学院辩论队，一起参加一轮又一轮的笔试和面试。直到有一天我收到了广播台面试通过的短信，而那条短信过后的两三天她都对此事浑然不知。我竟有些怯懦，不敢告知任何人，生怕此事会拉开我们之间的距离。后来我收到她的信息："茜，我知道你应该被广播台录用了，虽然我没有，但是我真的特别开心，可能比我自己被录用还要开心，我果真没有看错人，我的茜就是最棒的！"我心底的大石头终于落下了。之后戏剧化的是，她以她的三寸不烂之舌被辩论队录取，而我则被拒。她参加的每一场辩论赛我都有去现场观摩、学习、为她加油鼓劲，目睹她文思泉涌、刚柔并济，打了很漂亮的嘴仗，还拿了好几次最佳辩手。

我印象中的虹，就是那么见识广博，任何陌生的、熟悉的人与她交谈，历史、文学、娱乐她都信手拈来，以当仁不让让世界充满爱之势。她非常绝的一点是，能时不时打捞起我们从未听过的歌，俨然活在20世纪。一次我们谈起20世纪90年代风靡大街小巷的歌曲《小芳》，考究到其歌词中的辫子究竟是粗又长还是细又长之处，我认为细长才是更匹配的形容词，而她从审美出发，坚定地认为辫子一定是粗又长，于是我们就此打赌，谁输了请对方吃一个礼拜烤肠。在我第二次掏钱请她吃烤肠的时候，她以更快的速度把钱掏给了老板。"你知道错就好了！"她还来不及擦掉嘴上的油就对我说。

过完年后返校，我们都胖了一圈儿。在家的生活态度被虹沿袭到学校，每天都要去超市买一大堆火腿肠、酸奶、巧克力，有时我爬上床铺掀开围帘，还会摸到一整块德芙巧克力！有一次不小心看到虹的电脑桌上有一个崭新的红包，里面似乎有点鼓，也看虹去超市之前拿出一张大钞来，看来她父母和哥哥过年都有给她塞压岁钱！真是个受宠的小姑娘！

爸妈疼，哥哥宠，虹身上的理想化气质和随性的风格就更浓郁了。有的时候她会收到爸爸的来信，宿舍全员到齐的时候，她会将她爸爸对我们问候的那一段念给我们听。这种与人分享家书，尤其是传递亲情的感觉是极好的。她的受宠也会上升到任性，听她说，她大姨家的一间客房里有一个冰柜，里面常常有吃不完的雪糕。一次她和表妹睡那间房的时候，一根接一根地吃那雪糕，直到睡着，第二天早上发现雪糕汁儿沾满了枕头！

那段时间，我们有些黏滞，生活、观点彼此浸透。我以为时间的推进会固化我们的关系，所以有时候肆无忌惮起来，并不似当初那么小心翼翼。她细小的缺点一旦被我攫住，我便会毫不遮掩、不分场合、不加修饰地道出。起初她只是略微显得有些尴尬，后来硬生生还嘴，再后来，她也非常介意我的毛病，煞有介事地以牙还牙。

我们兴许也知道，如此这般斤斤计较，可能也是在乎对方的一种极端化表达。

任何细腻的感情，越是深入，排他性就越强烈。这种一一对应的关系，若是中间插入第三、第四、第五、第六者，也将被挤压得无法喘息甚至崩溃。

我爱结交朋友，学生、工作的伙伴、老乡、志趣相投者，我都舍得花时间在她们身上。常常在校园里走一段路，就要识出好多朋友，热情地寒暄，甚至将一个话题聊到白热化以至于忽视了走在身边的虹。终于有一日她忍不住了："茜，为什么你总给我一种每次在路上遇见相识的朋友都比我们的感情好的感觉？这种站在一边被忽视的感觉非常糟！"她几乎用扯的方式将她床上的围帘合拢，然后很久不出声响。

虹晕各种交通工具，除了飞机和俩轮子的，她都晕。她应对这个的方式是极少外出，所以一旦出门，就会把一个月要买的东西都搬回来。我陪她逛街的次数不多也不少。她的审美非常特别，往往会选中最少人倾心的物件，鹰一般审度到东西的缺陷，然后反复琢磨对比，打漫长的内心持久战，总希冀理智霸占感情，最后还是感情不战而胜。认清这一点后，我由被动到随同她的看法，到常常站在店主、售货员那边，积极怂恿她少犹豫果敢行动。惹得她恼火我为什么向着店家而不是维护她的权益，她终究为此感到困惑和伤神，几次我们一同坐车返校，她一句话也没对我说，我也不以为然。

彼此伤害的次数多了并未成伤疤，也未结茧，仿佛总有新的争执和分歧割裂着愈演愈烈的伤痕，旧伤又迎新伤。最麻木的法子只有不产生摩擦地躲避，躲避同行，躲避聚会，躲避话语撞击，躲避可能发生的眼神交汇。我身边依旧围绕着那些朋友，她也和很多朋友有往来，关系一点也不浅的样子。

照说摆脱了烦恼，自然应该迎来很多快乐。但是快乐深深浅浅，终究抵不到心尖儿。每日都在发生故事，每日还是要与她打照面，那些冷战的日子竟有些担心我会错失她精彩的故事而遗憾，遂找机会和好。

和好的一阵子彼此的爱热烈得快要溢出来，总有说不完的话、道不完的心事。当然总没有一个特别好的法子让我们就此摆脱争吵、纠缠。我们喜欢读书、看电影、听音乐，是这些让我们的生活和感知细腻起来，然而它们本身也是一种障碍，让我们长期卡在一个人的世界里出不来。因为它们从本质上来说，只是在丰富个人的感知。而感知越是丰富，情感也就越是细腻复杂。感知就像是在钥匙上开的槽，槽口越多，对应的锁也就越是复杂，谁也不能轻易打开。我们就是这样，互相依赖，又彼此排斥。

如果我们能不住在一起，只是偶尔见一见就好了，这样我们的感情就不至于黏到腻，也不会因紧密而起冲突。不会彼此捆绑和纠缠，只需要一点点心灵的依赖就好极了。我常这样想。

上帝是很重视小女孩顷刻之间的玩笑话的，搞不好就当了真，随手一挥，实现了我当初的这个愿望。大学时光疾如电光火石，转眼我们就步入大学的第四年。我决定继续求学，遂开始复习准备考研。她则更倾向于找工作，十一月那个深秋，她收拾好行囊回家乡电视台实习。那次分别是漫长的，到第二年春天我们才见上面。这期间，我亲手为她缝制了一个熊猫手机套，连同寄去的还有一袋周黑鸭的鸭翅。

"这就是我想要带你来的地方！"她话语中带着点兴奋，把我的思绪吹得老远。我抬头看去，"深圳书城"几个大字赫然入目。这是一座以阅览及购买图书为主体的，辅以餐饮、服饰、小饰品店的建筑。顶面为巨大的圆形天幕，密密麻麻的蓝色小灯镶嵌在星系中，与知识的苍穹连为一体。

我想象着她每次站在这苍穹下念起我的样子，那是怎样纯粹的幸运！

我们手牵着手，肆无忌惮地说笑，寒暄着过往和当下，和常在一起的闺蜜一样，吃火锅吃到撑，一模一样的衣服买两件，此时我发现她看中的衣服我竟然也喜欢了，回到住处又像当年的她那样，买一堆零食和水果到床边，勾兑彼此不曾参与又不算错过的毕业后的这几年。才三年，我们已经经历着之前未曾勾画的人生，在各自迥异的职业轨道上前进。在她最忙的时候我们几近断了联系，据她说，那段日子她常熬夜备课，巨大的教学压力让她没有办法好好休息，也因为讲课过多嗓子发炎而住院，得知这些的时候，那个任性的她好像失踪了。我为她骄傲，又忍不住心疼。三年了，她还是那么细腻，只是我在她的轨迹里窥见了我的风格，而我，大大咧咧的个性里被注入了多愁善感，也多少载着一些她的理想化和诗意。

第二天她送我至高铁站，送到检票口的时候，她被拦在了外面，她还是习惯性地絮絮叨叨说个不停，提醒我要注意安全。我第一次回头，发现她还杵在那里，眼神在人群中搜寻。我焦急地示意她赶紧回去，她微微点头。进了站，我又忍不住回头望向检票口，发现她还在那里，傻傻的眼神不知在哪里停泊，手中紧紧握着手提袋，我向她猛挥手，心突然扑通扑通的，好像有什么东西在撞击。再一次回望的时候，她停留的地方已经换了一个干瘪的男孩子站在那里，我依然把手举了起来，朝那个方向挥过去，不知什么时候，脸上已满是泪痕。

就在三年前，火车站口，大家拼命擦眼泪拼命对着小帆和虹的录像设备微笑的时候，我依旧若无其事地说笑。我夸下海口，定不会像她们那样落泪，可残酷的事实又一次减轻了我话语的分量：在候车厅检票口，当虹挥着车票回头望向我的时候，我脸部肌肉开始抽搐，转而一阵一阵热晕开来，我的腿不自觉奔向虹的方向，哭着喊着推开检票员拦上来的胳膊，冲出候车厅，一把握住虹的手，拉着她走向进站口……

大　大

喊她大大，是出于她的寝室长角色。

初入大学，刚分配寝室那会儿。六个姑娘姿态各异地躺在床铺上，开门见山地坦白自己，从生辰到家乡，从中学时代到恋爱憧憬。

大大和沙拉都来自山东，不乏率真、大气。山东作为人口大省，拥有的优质高校资源容量又相对不能负荷黑压压的高考大军，故许多山东学生都会考到外省去，当然，可以想见，由此带来的竞争压力是很大的。这在大大和沙拉身上一览无余。

军训过后的一段日子，每日清晨，她们都会霸占寝室三平方米的小阳台，捧着从家乡带来的英语课本，一股股浓重的山东英语口音的奇怪声调且没有断句的声响就这样强势侵袭还在被窝里埋着的我们其余四位姑娘的耳朵。于是，我们只能任凭她们的朗读声魔鬼般地将一支支欢快的梦击得粉碎。

当然，这只是她们勤奋的一个方面。除此以外，她们疯狂地浸泡在图书馆里像两只不知休眠的动物；上课总提前个把小时去占座位；不断地刷新图书馆个人最高借阅频次……我至今还记得，有一年，根据图书馆记载，大大共借阅图书476本。我天！什么概念！

所以，你们现在知道，我们当初为什么要选大大做我们的寝室长了，活脱脱的精神领袖啊！

这个时候你们可能想象她的身躯如山东女生一样骨架大、个子高挑挺拔，实则又有些反差：那个时候的大大身高不足160厘米，身材纤弱，精瘦精瘦，一阵风就能将她吹倒似的。唯一例外的是大大的脸盘儿格局开阔而饱满，两颗眼珠子如葡萄般灵光、有神，是个标准的美人儿。

美人儿当然不会缺少被爱的经历。只有夜聊的时候，大大那种学习机器的干劲儿才会被削弱一些，她也会很大方地融入我们的任何话题。一次夜聊，聊到各自被追求的历史，当我发出一声空白的感叹时，大大无意中透露她从小学时代开始就收到男孩子的情书了。而到了中学时代，被她迷倒的男孩子则呈几何倍数式增长，她的抽屉里隔三岔五就会发现男孩子趁她不注意悄悄塞入的情书和礼物。

纵使对大大盲目献爱的基数庞大，可大大有自己的一番心意和追求。早在大学一年级那会儿，就有一位机电学院的学长主动送她一本《大学读什么》（启发性极强的书）。上进的灵魂总能与这样的书一不小心摩擦出火花，进而与送书人发生间接摩擦生电。不知道从什么时候起，大大的心就有些倾向那位学长了。得知那位学长深谙中国文化，写得一手好书法，又练得一手好中国功夫的时候，我们都不禁肃然起敬，这就是精神标杆啊！这也是精神标杆的选择啊！

大大虽偶尔感性，但始终是理性占主导地位的。这段看起来很般配的感情，没有任它开花结果，个中原因，我也不甚清楚。

对的，大大看起来就是一个非常好懂的女孩子，直白、大方、不扭捏，但是不知道为什么，我总觉得自己还是不够了解她。甚至我以为我们会这样彼此欣赏、敬重下去，而无甚交集。

直到大二上学期，评选国家奖学金。根据综合表现和平均学分成绩，整个班级，唯有我们俩并肩走到了最后的大众投票环节。也就是说，最后要根据票数来决定我们俩其中一人获得奖学金。作为班级的团支书，我自认为我的群众根基还是很牢固的，投票这样的事当然居优势，我暗暗自喜。甚至偷偷规划好了怎么支配这笔巨额奖学金——给爸妈买礼物寄回去，毫不犹豫地冲到商场某专柜前买下心水（喜欢）好久的那件大衣……

然而，事实总是给自我感觉良好的人当头棒喝，最后投票的结果居然是我比大大少了一票！只有一票！结果出来的那一刹那，顿生一种大地就悬于我头顶并拼命往我头上压的感觉，憋了好一阵，还是不顾大家惊讶的目光冲出教室，眼泪也就在那一刻喷涌而出。

自此，我们许久没有再说过一句话。每次在宿舍遇见，也近乎视对方为空气。

这种情感其实很复杂，小女孩的大脑很简单，几次宿舍的聚谈时我都差点接上大大的话，话涌到嘴边的时候，一股酸涩情绪上来，我又强迫自己咽了回去。

那段时间我也忍不住去琢磨，究竟是什么让大家认为大大比我更应该获得奖学金？大大平日里对同学的敞开心扉、倾心交流似乎比我老是因公务去麻烦和打扰大家更讨喜，再加上我平时的表现看起来确实没有大大勤奋和上进……

想明白这一切以后，我也就释然了，又做回放松自在、无拘无束的自己，主动和大大示好，她应该也是酝酿多时了，这一和好，我们的关系更近了。

大四那年，大大怀着名校情结，一心备考南京大学影视戏剧文学方向的研究生，而我，则更倾向于苏州大学凤凰传媒学院读新闻（那个时候的理想是成为一名记者）。于是，我们在宿舍楼的二楼公共自习室驻扎下来，同学们回家的回家、实习的实习、找工作的找工作，而我们，则互相鞭策着彼此，交流备考经验、分享刷题绝招，从楼外第一盏灯亮起，到宝蓝的天幕蹿上星星。

离理想越来越近却又模糊不清的那段日子，我们彼此慰藉。记得有一次，我们馋食堂三餐厅江南窗口的炒河粉，当天下午便因河粉卫生问题而上吐下泻，而我更是被送去医院打了针才算恢复。

最后我们都没有达到复试分数线，努力了大半年的心血就这么在眼前崩塌了，曾经构筑的美好梦想瞬间被击得粉碎。

我们得知对方的分数时，还在家中度过了大学时代的最后一个寒假。在那之前，大大一向健朗的父亲被诊出患了脑瘤，在医院接受治疗，正是垂危之际，紧接着，曾苦苦追求她的男朋友选择了分手。

我始终没看到她掉过一滴眼泪。大大很坚定地告诉我："茜，我要去找工作了，现实支撑不起我的梦想，我要去工作，养活我的家人。而你不一样，你一定要继续努力，接着考研究生，现在，我的梦想就是你的梦想！你一定要去更高的学府！一定要啊！"

大大的父亲去世了。噩耗传来的时候，她在异乡工作，没能见到父亲最后一面。

后来看她发的说说："人世间有很多种幸福。珍惜身边的每一种幸福，因为没有人知道哪一天这幸福会忽然消失，即使你一次次在梦里呼唤，但是有些人不在了，他的影子就只能一遍一遍在梦里出现，在特殊的日子你会想到他，会认为他从未离开。当你再没有避风的港湾，你就只有迎接暴风雨，在风雨里涅槃。"

我咬着牙，又花费了一年的时间，带着我们共同的梦想，狠狠逼着自己，终于考上了研究生。大大得知消息的时候，开心得要哭了。而现在，我已经读到博士了。

都说先吃过苦头的人，老天会格外眷顾，后经历的必定是甜，我想大大就是这样。

可能是这个月或下个月，大大就要当妈妈了。

老天为她安排了一位天使一样的男孩子爱她、保护她，舍不得她吃一点点苦，顾及她的物质生活，又能维护好她的心灵城堡。

男孩子年复一年的纤瘦，而大大的身材则如年轮般饱满。

回想起今年年初，我转两趟火车去参加他们在男方家办的婚礼。作为女方唯一到场观礼的朋友，席间我为了赶火车需提早离开。当时大大拖着及地的白纱裙，在各个亲友圆桌间旋舞敬酒，而她突然停下来，提出要亲自送我去车站，百般劝说下才不舍地安排亲人送我，发动机鸣动的那一刻，我看到泪水在她眼里打转。

亲爱的，你要幸福啊！不，你已经被幸福包裹得严严实实了！我想。

我在你的城市，想念你

　　此时此刻。咸阳机场。候机厅。

　　彼时彼刻，我还在固原。固原城郊巨大的烟囱直插入天际，滚滚浓烟吞噬着悬在天空中的团团云朵，剥夺着云朵的记忆。

　　从来没有任何一个时刻叫我如此迫切地想要赶往下一个目的地——西安，哪怕只是中转。

　　当西安这个中转站明晰地现于我的行程表中的时候，我第一个想到的就是慕小帆。

　　上次在咸阳机场见到她，是三年前的初夏，距我大学毕业两年整。见面是因为大学姐妹结婚，我和虹分别从武汉和深圳赶去西安，慕小帆开车来接。

　　那天，小帆穿得很干练和简洁。一袭黑色的最小号的连衣包臀裙，露出修长而白皙的胳膊和腿，海藻般的黑色长发散落在腰间。

　　我们睡在小帆的父母家中，就睡她父母的房间，她不介怀，为我们铺上新换的带着阳光味道的纯棉床单和被套。清晨起床，我们去她房间里，看她弹钢琴。细瘦却不修长的手指如雁塔广场的音乐喷泉错落有致地落在黑白琴键上。阳光穿透她房间的亚麻色窗帘，给单薄纤瘦的她披上一层金光。

九年前的夏末初秋。

我们相遇。在西安未央。

当我的父母给我办好宿舍入住手续，推开110寝室那扇门的时候，慕小帆和她的父母恰好在那里。

双方父母热情地招呼起来，才知道她家就在学校附近。

第一次去外地念大学，我怯怯地站在母亲身后，只悄悄往小帆的床铺瞧去：新弹的棉花垫絮铺了厚厚两层，玫瑰色的床单，厚实又绵软的粉色枕头。

"你好！我叫慕小帆，你呢？我们要不要留个电话？"我这才注意到她，珍珠黑的齐刘海下一双葡萄般的眼眸，高高扎起的马尾辫，黑色的T恤上印着小木马的图案，锁骨间挂着的一枚小马水晶吊坠活灵活现，一切都漫不经心，一切又美得出奇。

从此，她的手机号连同她一起，深深锁进了我的心。

我敢保证那是她上大学以来第一次向别人要电话号码。而自从认识她起，打听她的手机号的人就络绎不绝，有的甚至直接大胆地当面问她要，通过我旁敲侧击打探的人数，更是难以计数。

有一个邻班的西北男孩，甘愿做我们的影子，只要有慕小帆的地方，我总能窥见那男孩影影绰绰的身形。不管是在食堂，还是在走去教学楼的路上，还是在回宿舍的路上。

每次我不经意间回头，总见那个男孩冲我憨笑。慕小帆向来是不会回头看的。

后来，因我和那个男孩都分别担任了各自班级的团支书，他趁工作之便获得了我的手机号，一来二去便与我成了朋友。

男孩叫马逸群。我、慕小帆、马逸群恰好同龄，都属马。

大学一年级的时候，我和慕小帆还完全不去想人生规划，只是傻傻地遵循自己的内心，做让自己开心的事，找寻和此前的经历不一样的体验，完全嗅不到烟火气。我总以为我和慕小帆是两块拼图，虽然形状各异，但恰好拼到了一起。

我大大咧咧，敢拼敢闯，凡事不往心里去；慕小帆则心思缜密，患得患失。我为人处事风风火火，自带风卷江湖气；慕小帆看似明哲保身，内心却装着整个江湖。正是江湖气，让我俩惺惺相惜。

有段日子，我买了一幅待绣的十字绣想绣出来作为一个朋友的生日礼物，由于工程浩大，开工前期规划失误，导致临近朋友生日的那几天我开始熬夜赶工。宿舍的姐妹都睡得香的时候，我打着手电筒一针一线地缝下去。不止一晚，小帆从她的床上爬起来，抱着被子爬到我的床上，说要陪我一起熬夜。她蒙眬的眼神就那样锁着我手中一点点勾勒的图案，然后悄悄睡去。

小帆的一位在西安南郊念大学的朋友参加校园歌手大赛，她拉着我去给她朋友捧场加油。我们硬生生地从西安北郊挤公交车到钟楼，从钟楼排队转车到南郊，再转车直抵秦岭脚下，整整四个小时。返回的时候，慕小帆只能求助她的父亲。她父亲开车来接我们，载我们到城里觅食，再送我们回到学校。我以为慕叔叔会很生气，但令我无比惊讶的是，他居然对慕小帆给朋友捧场的行为表示肯定，是好朋友就应该这样做。这是慕小帆的江湖义气。

后来，熟悉了西安，我们也玩得比较野了，冬天的晚上依然在钟鼓楼间飘荡，西北风像刀子刮在我们的脸蛋上，所以，大学第一次放寒假回家，我妈就说在我脸上看到了有些皲裂的高原红。那晚，我倔强地拉着她去肯德基买甜筒，一人一支，一边吃着，一边大喊大叫，疯了似的。走累了，她要带我去看通宵电影，结果兜兜转转不得见，只好去KTV唱歌，我唱她听，她唱我听，一首接一首，那时还没有如今的智能手机，所以我们都不玩手机，只唱，只听。

那个叫马逸群的甘愿做慕小帆影子的男孩，终究是通过我，跟慕小帆走得更近些了。

一开始，大家都不看好马逸群——长得不够出众，皮肤自带高原黑，头发总是一副没有打理的样子，上课总往后排靠，一口兰州腔总逗笑身边一群女生。大家都认为慕小帆不会接受这个不出众的男孩。

慕小帆眼里一开始自然是没有马逸群的。马逸群发短信，慕小帆可以视若不见，善心大发的时候隔几天再回一条，转换了时空，转换了语境，不痛不痒的。

后来马逸群意识到我一个人力量单薄，便开始讨好我们寝室所有的姐妹，有事没事就送零食过来。我想，如果他知道有的零食慕小帆一口没吃，全被其他姐妹瓜分了的事实，他的心一定是失落的。

功夫不负有心人，马逸群被许可参加我们的宿舍集体活动了。只是慕小帆还是对他爱理不理。

一个春深的午后，在去食堂的路上，我和慕小帆碰到了拿着一盒泡面、垂头沮丧地回宿舍的马逸群。我对着慕小帆感叹：失恋催人老啊！未恋而失恋夺人魂啊！

接受马逸群，是慕小帆有史以来最具爱心的行为。

后来，我、慕小帆、马逸群，我们一起去过很多地方。到过处处充满麻辣诱惑的山城重庆；感受过夏日炎炎的江城武汉；坐过惊险刺激的黄河羊皮筏子，闯过秦岭，异想天开地想邂逅野人；在麦当劳熬夜打过扑克；深夜游过兴庆宫公园；长途骑行到郊外……一起疯，一起闹，一起留下许多难以忘怀的记忆。

毕业季很快到来。我们都无动于衷，只有慕小帆一个人心里是清楚的。

早在大学一年级的时候，一天晚上她要回家。我送她到校门口，看着她上了出租车。她摇下车窗望我，车开了，她还在望我。葡萄般澄澈的眸子里有些晶莹。

我知道，她心里在预演我们终将分开的那一天，四年即一瞬，任何刻骨铭心的记忆都主宰不了我们的未来，西安这座城市留不住我，她知道。我们终有一天要分离，不能即时分享彼此的心境，不能踏实地捏着对方的手指，我们现在彼此扮演的角色很可能被他人取代，她知道。所以，她始终于优雅中裹挟着忧郁的气质。

记得大学二年级的时候，我们上视听语言课。老师布置我们以小组为单位拍一则短片，可以是故事片，也可以是纪录片，后来我们选择拍MV。背景音乐是曹方演唱的《纪念册》，情节是我们寝室的姐妹们一起设计的，大概内容是一个女孩，在毕业多年后独自怀念她大学里经历的友谊。小帆一个人很认真地酝酿了整个短片的分镜头剧本。我们请了壮实的马逸群来做摄像。

倒数后几个分镜头是我和小帆拉着手在草地上无忧无虑地转圈，镜头里一会是我，一会是小帆，一会又转到我，如此反复。这个镜头是马逸群一只肩膀扛着摄像机，一只手拉着我们，分两次拍出来的。我对着镜头笑得很开心，小帆亦是。后来自己独自看的时候，看到那一段，总是不知不觉中眼泪就兀自流了下来。

后来也遇到过跟小帆有同样气质的女孩子，可再也感受不到似小帆那样不食烟火般的灵韵。那个时候，我们自身都一穷二白，为了旅行省吃俭用，因为小惊喜而情不自禁；那个时候，我们的内心都很柔软，习惯性地接纳、理解和包容，一首歌两人各塞一个耳机一起听，听《城里的月光》听到落泪；那个时候，我们默许对方一定要按照理想的方式过活；那个时候，我还是我，她还是她。

多年以后，我不经意间发现自己身上的小心翼翼、患得患失，凡事近虑远忧。正如当年的小帆。

我来到她的城市，没有发一句信息说：嘿，我来了。只怕惊扰了她原本规划好的一天。

这有什么关系呢。我知道，她会被赋予我曾经的勇敢，会揣着对我的思念来我的城市看我。

就像《纪念册》里写着的：记忆已模糊了我，你就是那个我。

值此七年，今昔一念

　　我桌上摆放着一本1990年由社会科学文献出版社出版的《社会理论的基础》。这本被胶纸粘了好几层仍遮掩不住其残破的页端且发霉的书对于我来说并不算陌生，这一个月以来我都以朝圣的虔诚心无旁骛地接受它的洗礼。

　　然而，今天当我再次翻开它的书页的时候，当它反面的油墨嵌入我眼帘的时候，M小姐的影子从密密麻麻的豆腐块里闪现了出来。我始终未能忘记她择书的怪癖——相貌丑陋装帧奇怪的书她是一概要与它们保持距离的。我都能想象如果把这本书放到她面前她会怎样瘪着嘴摇着脑袋一脸嫌弃……

　　如果她那位民国藏书家爷爷的爷爷泉下有知，说不定要暴跳如雷地将她赶出家门。噢，端正一下态度，我可不是幸灾乐祸。把那四万册藏书赠予加拿大多伦多图书馆确实是明智之举。

　　M小姐把以貌取物的品格发扬到了极致，以至于大到建筑物小到矿泉水瓶、练习本、圆珠笔，都有遭她嫌弃的时候。

别见怪，这些只是M小姐怪咖的冰山一角，还有诸如卧榻必须垫得足够厚、足够柔软入睡才能快，即便是热死人的夏天也不例外——是豌豆公主吗，还有她那无可言状的飞机恐惧症，坐个儿童海盗船都会手心冒出一堆汗（是有多缺乏安全感）！

说她胆小，却又不尽然。这些年我冒过的险、做过的荒唐事都有她做伴。寒风凛冽的深夜，游荡在几无人影的西大街；清晨偷偷逃票溜上城墙；挤四小时车只为听她闺密的唱歌比赛；把被窝挪我床上陪我熬夜绣十字绣；和我经历了两次说走就走的旅行；在公园弄坏船桨跳船逃跑……

其实想想这些事根本算不上惊心动魄，当然也不能成为她胆小的反证。这些听起来似乎毫无意义，但我们的人生却是因为这些拼凑起来的琐事被粘贴到一起了。其实，早在第一次看似超级正式（双方父母无一缺席）却只能算偶遇的见面，当她开口向我要电话号码的时候，我们的人生轨道就有了交集。

但是，我和M小姐看起来是两个毫无交集的人——我动如癫痫，她静如瘫痪。在我人生最癫痫的时候逢着了处在人生最瘫痪阶段的她，于是一场化学反应就此发生：我开始收敛我暴露出十四颗牙齿的狂笑，代之以抿嘴浅笑；我也试着收起一步一山河的男孩子气，代之以让人着急的小碎步；我降低了一张口就响彻一栋楼的分贝，代之以细语呢喃……M小姐由原来的半天憋不出一句话到后来发展成爱唠叨；也和我一样动不动就冲人傻笑，还露出她的招牌小兔门牙；原来不愿尝试不敢尝试的她在我的煽动下变得勇敢起来……

大学时上视听语言课，老师要求我们以小组为单位拍摄一个短视频。M小姐提议把曹方的《纪念册》作为音乐背景，再填进我们自己的故事，然后我们开始写剧本、分镜、准备道具……最后MV（音乐电视）剪出来很好看，当时那几个我们精心设计的转场镜头被来回播放了一遍又一遍，回回都深感匠心独运。现在看来，吸引我的倒不是那些技巧，每一句歌词似乎都成了现在我们状态的最佳注脚，尤其是那句："记忆已模糊了我，你就是那个我。"

我确乎已经忘记来时的自己，只知现在的自己好像另一个M小姐。

我差点就留在了她的城市，留在距M小姐一千米远的红旗厂。能租下那栋绿荫里的小房子，还是她做的担保。把我送进红旗厂的是M小姐，最后送我走的还是她。那个时候我还在一段暗无天日的感情里彷徨无措，她拿出我的勇敢和果断劝我回头是岸，明明知道岸的那头将是遥远的南方，从此见面不再容易，却是英雄般无畏地将我推开，推到我应该驻扎的地方。

要离开的时候，我红肿着眼睛吃了M小姐妈妈一大清早起来蒸的包子，拍了照片留念，她和阿姨一副不以为然的样子：不要害怕离别，我们总会再见！

是的，当一年后M小姐傻乎乎地站在我面前的时候，好像我们从来不曾分离。

在别人眼里M小姐是女神，她以她乌黑发亮、柔软顺滑的齐腰长发和清新别致、超凡脱俗的气质征服了一波又一波小伙子，然而她在我眼里永远都是一个怪兮兮、对世界充满恐惧、小心翼翼生活的奇女子。就好像不管别人对我如何评价，我在她心中都是一成不变的瓜娃子（傻瓜）一样。

过了今天，M小姐的年龄就和我书桌上的这本书不相上下了。她还会长大，可能她的餐厅已经正式营业了，可能她会克服那些小怯懦变得更加独当一面，可能她会从清新范过渡到女王范……

不管别人眼中的她是萝莉还是女王，她在我心里，就是并且只是M小姐。

流光里的精灵

她说："虽然我们很久没联系了，但我还是想邀请你来参加我的婚礼，我觉得有你来，才完整。"

我怎么也不会料到，许多年后，她的婚礼喜帖会来得这么突兀。

那时候总是天阔云朗，蹦跶着的上学路上红领巾在飞扬，肩上别着的两道杠载着童年的梦想。那时候的世界好小，小到奉班主任的句句话为至理名言，小到班里那么两个三道杠少年成了我追逐、超越的对象。

我一直坚信，精灵是十五年前的那个春天捎给我的礼物。

一天语文课间，班主任眼里带着些神秘向全班同学宣布了一则消息，内容是我们班将迎来一位校外转学生，是一位精英。如果说班主任传递的所有信息我都有可能出现记忆上的偏差，那么我敢保证，"精英"是绝对能还原的词汇。那时候我还不太能理解精英的含义，只满脑子一遍遍温习着班主任热切而欣喜得波光粼粼的眼神，想来，她必定是个讨老师喜欢的同学吧！回去又忍不住把班主任的话道给母亲听，可把母亲给乐了："这下好，你又有值得学习的小伙伴啦！"

我还是不明白"精英"的含义，兀自偷换概念将"英"幻想成"鹰"，要来一个鹰一样犀利凶猛的同学吗？那个同学会长什么样子？会不会有和老鹰一样的霸道目光？会不会出类拔萃到骄纵蛮横？

对精英的好奇与猜测成了激励我每天提早到学校的动力，每天进入教室第一件事就是搜寻精英的影子，脑海中一遍遍预演着班主任会如何热情地把她引进教室中央，又如何向大家隆重介绍这位精英的场面和过程。当然，也时不时勾画着我和她可能存在的交集。

不知过了多少天，传说中的精英还是没有走进我的世界，小孩子的关注点是很容易涣散的，就在我快舍掉对精英的期盼的时候，她出现了。我想我大概一辈子都不可能忘记那个时刻：那是个风和日丽的下午，我们在户外上体育课，体育老师带我们做热身运动。我瞅到远处有几个身影，定睛看，班主任和另外一位女士领着一个小姑娘朝我们的运动场地走来。离我们比较近的时候，班主任叫停了体育老师，简单又细声地说了几句，并示意小姑娘走到我们的集体当中，小小的她一点也不怯生，蹦蹦跳跳插进了队伍，甚至忘了和班主任身边的女士道别。后来我才知道那位女士是她的妈妈。而她就是那位传说中的精英。

那个时候我打心眼里嘲笑自己，居然把这么一个生动、活泼、小巧的姑娘视为鹰一般的假想敌，如同把一只活生生的蚂蚁看成了一头大象。再仔细瞧她，裤子紧贴着双腿，似两支竹签插在地上；白衬衣是崭新的，像是照着明年的理想中的她的个子和身材买的，荷叶领一层一层的花边向外延展，显得她的脖子洁白而修长。我屡次提到她的小巧是有底气和根据的，我们离得近的时候，竟发现她的身高只到我的肩膀。从此，她便从精英自然过渡到小精灵了。

我忘了是什么契机让我们正式认识并成为好朋友的，只记得一天回家的路上，发现她古灵精怪地跳过来与我打招呼，一路走下去，才发现她家就在我放学回家的路上，而她的母亲居然和我的母亲在同一个单位！由此，我们常常结伴回家，后来慢慢地从各回各家发展到我们总会去她家或者来我家一起写作业，有时晚了也会被对方爸妈热情邀请留下来吃晚饭。

起初，与她一起写作业我是怀着动机的，她的头脑和身体一样灵活，每每困扰我的家庭作业难题她都能轻松地迎刃而解，而足以奠定我们友情基础的是她既大方又细心，愿意把解题思路、方法一五一十地讲给我听。在小女孩的心思上，也愿意全盘托出与我分享，那个时候，还不曾料到长大了以后一个人要想获得这样无条件的坦诚和信任是那样的难，但已足够珍惜。

我喜欢她的手，纤细的手指，白得能掐出水来，于是哪怕是大夏天我们一起放学回家，我也会紧紧握住那只手，但又不敢太用力，生怕细骨头被我捏坏了。她悄悄告诉我，她父母曾经吵架，父亲将母亲推搡到床边，母亲顺势倒在了她的胳膊上，胳膊就这样脱臼了！

在我家吃饭的时候，不知道是不是我母亲厨艺好的缘故，她吃得比我还多，每次都要盛一大碗米饭，可是我母亲总会心疼地轻轻叹气："你吃了这么多为什么就是不长肉呢？"哪怕她成绩再怎么出类拔萃，她在同学里也是一点威望都建立不起来的，那么小小的弱不禁风的她，连我这种手无缚鸡之力的女孩都能轻易将她公主抱抱起来，其他同学也偶尔调侃她的身高和体型，什么"矮地瓜""小萝卜头""小不点"这样的外号她起码积累了一箩筐。她一开始也排斥和抵抗，我甚至和她组成了一支自卫反击队，但是当发现那些给她取外号的同学并无恶意的时候，我们也就顺其自然了。

关系最亲密的时候，每日上学我都要在经过她家楼底下的时候等她。她家楼下总有一位老奶奶推了个小车在一口大黑锅里炸面窝、糯米鸡（武汉早点小食），香喷喷的。于是我总忍不住诱惑买一只，顺便等她下楼。她机灵，反应快，相应的，她认为自己不需要太多时间梳妆打扮故而会刻意赖床。我总是要等她，而我乐意。我们一起度过了人生的最后一个六一儿童节，各向父母索要了三十块钱，去中山公园、拍大头贴、坐过山车。那时候的大头贴不是两人钻进拍照机的围帘里对着机器上的摄像头摆好造型按按钮就可以，而是需要大头贴店老板拿数码相机拍好外景，拍照的人摆一些造型，他按好快门以后再把照片导进电脑里。拍完大头贴我有些忧伤，傻傻地问她："我们的童年是不是就这样逝去了？我们是不是立即要换一副面孔成为大人？成为大人以后是不是就不可以哭泣了？"她也沾染了些欢乐空气中的悲伤情绪，拽着我一边过马路朝武汉广场走，一边说："走，我们现在排队去买肯德基儿童乐园套餐还来得及。"

她总是这样，直率、单纯、聪慧。而我，相比之下显得笨拙、呆滞。

升到初中的我们很幸运地被安排到了同一个班级，还是可以每天手牵手一起放学走路回家。起先，我们也还是一起写作业，写到很晚，她留在我家吃饭。渐渐地，我们很少一起写作业，聪慧的她总能很快消化课堂上的内容，在课间和课下就把作业完成得差不多，而我，总需要比她长几倍的时间来消化新知识，完成作业对我来说也一直都不如她那样轻松。另外，我开始写日记，而她不写，不过我会定期老老实实交给她看，并期待她的评价。

初中的第一个愚人节，她告诉我周六不上课，引得我一阵窃喜，当然，知道真相之后是坠入悬崖般的失落；初中的第二个愚人节，她告诉我奥利奥新出了薄荷口味，还大方地一下子给我递了两块，我老老实实一口一个吃下，后来得知薄荷味的夹心是牙膏。

自从过了那个六一儿童节以后，关于童年的心境真的只能靠捕风捉影了。没过太久，她有了自己喜欢的男生，在她还没有摸清自己的心意的时候就被我观察出来了，那个男孩好像对她印象也不错，放学以后常常骑自行车跟在我们大手拉小手后面，后来由骑自行车变成推自行车。我故作大方，甩开她的手，并自作主张告知那个男孩他可以骑自行车载她回家。起初她还不乐意，紧紧地拽住我的手，只让他在后面跟着，后来也愿意被他载着回去了。

一个傍晚，刮好大的风，我瑟缩着走在夕阳里，忽然见一辆自行车"嗖"的一下从后面骑过来又很快地骑走了，只留给我一个背影，我看到小小的她侧坐在车后座，小腿轻盈地悬在空中，倏忽间，一种强烈的失落感如刺在心，眼泪不知不觉落了下来。

中学时代的爱情就像在云层间游移的太阳，此时你好像看到了它，彼时它又躲了起来。精灵的这段爱情协奏曲有些急促和短暂，过了一些时候就无疾而终了。我们又开始一起回家，只是不手牵手了，因为我们的同路者壮大成几人的队伍，我们总会扩大我们的圈子。我们急切地渴望了解这个世界更多一些，所以也扩展了自己的兴趣爱好。所以放学路上总是叽叽喳喳地谈论着关于某老师、隔壁班某同学的八卦、明星娱乐、奇闻逸事，但是，很少谈心，可能是来不及谈心，也可能是没办法在公众场合自我剖白了。

直至现在，我依然不主动陷入属于多人的狂欢中，因为我知道，氛围使得那个可以倾诉的对象失焦而变得模糊。好像所有的人都在表演及自我呈现，而表演的人亦装作在场的所有人都是自己的观众。

后来我的小精灵凭借着她的聪慧考入省重点高中，而我，最后只达到一所市重点高中的分数线。我们俩的学校离得不近也不远。家人考虑到我上学方便，在离高中很近的地方买了房子，然后我们举家搬迁到了那里。这样我们就再也不能一起上学一起放学了，就连在途中的偶遇也不可能了。

再后来，我考上大学离开了家乡。拥有最充裕时光的大学时代，我们也只有偶尔在同学聚会碰面、寒暄。

当明天变成今天，又成为昨天，最后成为记忆里不再重要的某一天，我们突然发现自己在不知不觉中已被时间推着向前走，这不是人在静止的火车里与相邻列车交错时仿佛自己在前进的错觉，而是我们真实地在成长，在长成我们想要成为的自己。

每当我钻进回忆的隧道里的时候，流光里的那个精灵，正如盛夏绿林间的阳光，清新着，跳跃着，舞蹈着，仿佛那个明晃晃的初遇。

德芭与彩虹

德芭与彩虹坐落在大学城中一座大厦的26层，身处闹市，空间狭小，却集书吧、厨房为一体，安静舒适，适宜容身。细致的画家主人把那儿每一处凡人所能见的地方都装扮得精致淡雅，连空气也跟着有格调起来。步入其中，心明澄澈，温馨如家，恬静如世外。

她和Dannel就是在德芭与彩虹相识的，那段日子，他们围坐在一张铺着方格粗布的圆桌旁，在各自的书中沉淀着自己的心灵。那还是他们未曾相识的时候。

岁月悄悄蹚过这个被埋藏在时光里的德芭与彩虹，他们的情谊就像流沙瓶中的碎小颗粒一样，越积越厚。

他们最终互相倾心。

可是他们不曾有过海誓山盟，甚至从不曾共同勾画未来。

他们不常约会，却频繁偶遇，她习惯了在推开德芭与彩虹小门的时候在屋里极力搜寻他的影子，缘分使然，这样偶遇的概率不小。

有的时候，她一眼攫住了坐在方椅上那个与众不同的他，暗自窃喜，去厨房点一杯烧仙草或者是冰镇橘子水，小心翼翼地给服务员指着Dannel的方向，茶还悬在半空中，她紧张地踮起脚尖悄悄藏在他看不到的地方，待他来找，彼此相视一笑，任何语言在这儿都没有眼睛里的笑有分量。

　　然后，他又回到那张桌子前，捧起被搁下一阵快要失去温度的那本厚重的外文版的古希腊神话，她又开始单独寻觅和自己有缘的那本书。他的身旁，通常找不到空位。

　　有的时候，她也会戏剧性地离开，没有告知和留言。或许，她已经坐在车厢里了，才接到对方或焦急或疑惑或淡然的电话："走了吗？路上小心。"

一心想过好生活的人不屑这种淡薄的交往，可它又被真正懂得生活的人所追求，就像可乐和茶，有些人的爱情像可乐，初始轰轰烈烈，"气味"十足，到后来，只余糖水一杯。而茶，虽然没有可乐起初的口感和味道，却有一股淡淡的幽香绵延，让人回味。

　　我祈祷让他们的这份情谊延续得久一点，更久一点。

　　虽然德芭与彩虹已经不在了。

城市记忆

据说，12月28日是属于武汉的节日。2008年的这一天，万里长江第一隧——武汉长江隧道通车；在后来每年的12月28日，武汉地铁2号线、3号线、4号线陆续运行，鹦鹉洲长江大桥落成，东湖隧道开通。

就在今天，地铁6号线、机场线、雄楚大街BRT齐齐通车，天河机场T3航站楼建成，世界级东湖绿道开通，百年中山大道崭露新貌。看到接二连三的重磅消息，耳畔突然响起武汉求学多年的同学毕业时拖着箱子离开时的感慨："哎，我来的时候武汉就在挖，原本以为在我走之前能看看它的新颜，没想到我要走了，它被挖得更厉害了。"作为武汉人，不得不小心翼翼地默默承受着自己的家乡被挖，而自身还得受外来朋友挖苦的苦楚。而这一项项工程的落实，在揭开面纱的那一刻，在切切实实给我带来便捷的瞬间，拂去我心头的一丝痛。

不知道大家对一座城市有着怎样的期待，或者，更直接点说，怎么去看待这个城市化的过程。

我记忆中的光谷还停留在2008年，当时为了参加一所高校的特长生面试，从汉口转了两次公交车，耗时约两小时，终于抵达那个标志性的大转盘，却一下子傻了眼：周遭有点半荒野的性质，偌大的公交大转盘没有红绿灯，为数不多的能上路或者不能上路的车子时不时从我面前倏忽而过。为了过一条马路，我傻傻地站在路口观察了十分钟的路况才有勇气迈出脚步。还记得那时候，父亲的同事因几栋老宅拆迁，政府补贴了几套光谷附近的房子。房子太多，留一套自己住，其余的租不出什么好价钱，便想以十万元一套（九十平方米）的价格卖给我父亲。父亲直截了当地拒绝了他："住那么偏远的地方，在这座城市生活多么不方便啊！"哪想到，就在这日月勤勉地交替间，不出十年，光谷成了武汉的一个新地标、新中心，而当初十万元的那套房子，早已狂翻十几倍。

　　那个曾经一片荒野的田地，被华厦霓虹一点点吞噬着，被包装成欧式风格的钢筋和水泥，彰显着光谷商业区的国际化色彩。小年轻们都爱光顾那里，一到节假日，就着商家精心烹饪的消费大餐，将那些英、法、德、瑞风情街裹得水泄不通。非常有意思的是，好多影楼都将外景拍摄点设置在了那里，于是打扮得俏皮时尚的准夫妻们就成了风情街头亮丽的风景线。大多人慕名而来，流连、拍照、赞叹，好像一群自以为踏出了国门，触碰到欧洲文化和历史的游客。就在仿着文艺复兴时期的意式大教堂里，唱诗班被驱逐了出去，牧师被驱逐了出去，虔诚的诵经者和祷告者被驱逐了出去。坐在他们位置上的人，齐刷刷地盯着祷告台中央悬挂着的偌大的液晶显示屏，上面循环播放着汽车、香水、房产的广告。

我忍不住有些怀念儿时常去的老商业区：长江左岸，汉水之北，来自明朝和清朝，走过开埠，拥有独一无二的4.7千米，其间镶嵌着能追溯到明成化年间的标志着近代商贸发源地的汉正街，还有道光年间的六渡桥。后来1927年北伐军攻占汉口，为纪念孙中山先生，国民政府改名"中山马路"，于是它成为中国最早以"中山"命名的城市道路。抗战时期，它是中国抗战宣传的中心。中华人民共和国成立以后，它则发展为商业街。南洋大楼、民众乐园、汉口总商会、远东饭店云集之处，是这座城市凝聚的血脉，是这座城市沸腾的记忆。

还记得我刚去外地念大学那会儿，各种社团和集会风急云涌地向我袭来。认识新朋友总免不了自我介绍，每每有些朋友得知我来自城市以后，都或明显或隐约地向我投以怜悯的目光，说："城市的孩子不容易，童年就被锁在冰冷的楼房里，哪像我们田间地头活像只快乐的小鸟！"我懒于解释，心里又愤愤不平，怎么会呢？我的童年时代明明就很快活！初中时，父母忙于事业，无暇顾及我，便替我报了各种补习班。去补习班在我看来并不是一件很糟糕的事，培训机构点就设置在武胜路泰和广场背后，那儿离中山大道的新华书店步行大概只需要十五分钟。而我则常常偷偷溜出教室，去新华书店开辟我的新天地。那会子特别迷世界名著和青春文学这两样在语文老师和班主任那里并不兼容并蓄的作品。如果时光倒拨个十来年，你是那家新华书店的常客，那么一个把自己的跨肩米奇书包当坐垫，背倚书架的女孩，一定会频繁出现在你的视线里。就是用三年的周末逃培训课和中午午休的时间，我读遍了安妮宝贝、韩寒、郭敬明等青春文学代表作家的所有作品，也夹杂着读了中国的四大名著，读了鲁迅、朱自清、徐志摩、萧红、钱锺书、杨绛，也读些川端康成、村上春树，似懂非懂地读完了《钢铁是怎样炼成的》《简·爱》《傲慢与偏见》《茶花女》《基度山伯爵》《奋斗史》《红与黑》。见我读书如洪水猛兽，又势不可挡，母亲带我去南京路少年儿童图书馆，在那里，母亲给我办了人生中的第一张借书卡。于是我的征程就扩展到了南京路。从武胜路途经六渡桥、江汉路，再到南京路图书馆，我总是急匆匆地步行往返于两地，穿梭在中山大道上。我亲睹它在黎明的鱼肚白的天空中苏醒，也心醉神迷地徜徉在暮色时分熙来攘往的喧嚣中，如同它的一个小女儿，心甘情愿向它坦白我的梦想，和众多孩子一起，在它的温柔乡里撒欢。

在我念高中的时候，新华书店拆了；不知道什么时候，南京路的少年儿童图书馆也拆了；再后来，估计是我读研究生的时候，六渡桥那座标志性的天桥拆了。后来我带很多朋友走过那条路，对着面目全非的中山大道，深情款款地将曾经的那些建筑和故事一一诉说，不过，他们要么是对之丝毫提不起兴趣，要么一头扎进灯火通明的商铺里了。

中山大道在万众瞩目中又重新回归到老市民的视野，不论它在多大程度上得到还原，或者它的功能得到更完美的设计和呈现。然而，房子可以拆了重建，可以翻新，人却不行。就这么一辈子，时光荏苒，终究是人间烟火留不住。

"武汉和武汉人在变。尤其近几年，变化很快。武汉每天都不一样！我想我会把武汉不变的那些东西写在小说里。把千百年来楚国那些一脉相承的东西写在小说里。社会规律总是这样：现实中的经济建设总是以拆建实现目标，文学的目标却是追忆和保留。"武汉作家池莉这样写道。武汉有两位女性作家非常出名，一位是方方，喜追忆武昌的故事，代表作有《春天来到昙华林》；另外一位则是池莉，她笔下流淌着太多让我读过一遍便永不能抹去的生动的老汉口人和老汉口的故事。最近又读了她的《汉口情景》，唯有在触碰到她的文字的时候，文字变成一条时间河，渡我重返少年，并把那个完好无损的中山大道慎重地交还给我。

然而大多数时候，我都处在惶惑当中，很多关于时间和空间的记忆在我脑海中片瓦无存。老汉口的优雅在面对挖掘机的暴力的时候丝毫没有抵抗的能力，而我，想要尽可能温柔，却不能不啃噬一些残酷。父母的记忆，只能通过一些只言片语呈现，而我这一代的记忆呢，可能也只能用画面和文字传递给下一代。我确信自己正生活在无时无刻不被建构的世界里，然而历史的足迹告诉我们，被建构的世界过不了多久也会被摧毁，然后接着重建。人对物这样无情，人对人呢？

万物有灵且美

杯中窥花

　　兴许是名字中太多"草"的缘故，我与植物结缘，爱与大自然亲密接触，把身体埋进草丛静静地呼吸青草香，捧着相机捕捉各种花成长的姿态，感受天地之间的免费氧气，任感觉器官无限延伸并游离在静谧与喧嚣之间，乐此不疲。

　　西安入秋以后的干燥总是裹挟着侵袭健康的欲望席卷而来，上火是我受袭最直接具体的身体反应。这个时候总是被各种权威教导着要补水。怎么补？除了一一撤掉原先的杂功能的护肤产品，让保湿补水功效的"战士"上前线，最有效的可能还是"内补"——饮水。让我大口大口喝白开水？这种无色无味的密度为$1.0 \times 10^3 kg/m^3$的透明液体实在没能激起我饮用它的欲望，于是，以茶代水。起先，只是喝加工好的茶包，立顿的每一款都被我交替喝了好几轮，之后又青睐七彩云南的花香普洱，这是我逮住人便推荐的一款，也是我屡试不爽屡品不厌的一款。被温水涤荡去渣的茶包缓慢沉入水中，一丝一缕的淡褐色便逐渐扩散开来，在蔓延至杯底的旅途中销声匿迹，然后越来越多的淡褐色如烟、如丝、如雾，舞蹈着纠缠着幻化成最终浓郁的枣红的茶色。

借着杯中升腾的缕缕白烟，把脸凑近杯口，大快朵颐地品上一口，让它们淌进喉咙之前先在口腔里酝酿一阵儿，让复合着玫瑰、普洱的香气充盈其中，五官顿时感到肆意和松弛。然而喝久了以后，便又开始寻觅它物，这时欣喜地攫到超级市场里生鲜和冷藏食品交汇处不太起眼的各种花草茶：苦中略带涩的形似海带的芦荟、颗粒圆润饱满色泽艳丽的枸杞、花边状绿得褪了色的干瘪的苦瓜、在透明塑料袋内挤压得变了形的菊花，还有红得做作的玫瑰、紫得傲人的紫罗兰、黑咕隆咚话梅核样的胖大海，还有色淡、微小的、功能不明显的、足以让人忽略的茉莉。

爱上茉莉，纯粹是个偶然——那日午后，复习累了，把视线从书本上移开，条件反射地转移到书桌一隅的那只粉红色半透明杯子上。我鲜有停下来去审视杯中物的习惯，却因茉莉在澄澈的水中漂浮状态——如一根不小心被绊动的神经，然后牵一发而动全身，调动我所有的感官去感知这群在水中开得自由幸福的花。

这个被拉丁符号标识为"Jasminum.sambac（Linn.）Aition"，并且在植物学中有"香魂"之称的小小茉莉，它的色泽没有紫罗兰艳丽，它的姿态不如向日葵高傲。虽然香，却没有玫瑰香为人津津乐道；

纵使洁白无瑕，可在人们联想纯洁和圣洁时，百合毫不客气地排在前面；那么渺小，微不足道，却又被赋予了意义与功能、价值与内涵。

正是不尴不尬的地位塑造了它的花品，也让我领悟了一些关于美和生活的内涵。

关于美，似乎大众传媒这个舆论机器一直孜孜不倦地为大众塑造美的形象，以至于让具有从众心理的受众被同化为具有大众审美观的群体。在花种中，如果要考虑送花，那么茉莉一定不在候选花中，这大概又是一种既定的审美倾向，但凡你投入一点点细致的观察，你会被它包裹得一层一层绝不含糊的花瓣吸引，因为它的小巧，所以不像菊花的花瓣会零碎不成形，它的白温和且细腻，自然不雕饰。含苞待放的尚未浸入水中的茉莉羞涩而内敛，低调而不乖张，它是和大自然最亲近的姑娘，孰能谓之不美？

由此观之，美不是一种约定俗成的定义或概念，而是一种与众不同的气质，西施之美在于她的娇柔寡淡，而东施效颦磨灭自己的品格去复制西施的美，显然只能告败。正如老子《道德经》中说"天下皆知美之为美斯恶也"。所有人都知道的美便不是美，顶多只是一时迷惑视觉神经而终将导致视觉疲劳的平凡。

其实我们每个人都具有独特的个性和气质，正如世界上无两片一模一样的叶子。为什么要因为大众的眼光而轻易改变自己的喜好甚至雕琢自己的身材和面容呢？花大把大把的时间啃时尚美容杂志，让自己的真心盲目跟随潮流的引导，然后任物欲把自己装饰成一棵圣诞树？最终你会发现，你周围的人也如你一样天真地做了这样的改变，和他们一同改变，不是等于没变吗。最后，你还是停留在原点，反倒成了时尚的牺牲品，被湮没在复制的人潮中。

在校广播台做过一阵子播音员，在星期一的生活栏目《时尚前线》版块。我通常和我的搭档诗洋把之前准备好的一系列时尚杂志拿出来读或以对话的形式告知被广播台摧残得不多的听众这一季度流行什么款式的女装、时兴什么样的搭配，抑或是关于美容小妙招的温馨提示。节目做着做着发现似乎做不下去了，因为转了一圈，不流行的变得流行，之前流行的很快又过时。也多少体会到了一些原地打转的苦衷，于是转战另一版块《玩转地球》。

如果你不愿意玩命，如果你速度不够快，如果你没有坚持不懈的精神，那么，做回自己吧。别人的美，那是别人的，抢不来偷不走，等你发现这一点时，可能离你发现自己的美就不远了。

秋日况味

浓墨的夜笼罩下来，白天熙熙攘攘的人浪和如影随形的嘈杂匿迹于这漆黑中。

终究是校园，你几乎闻不到闹市区的喧哗，当然也睹不到霓虹的浮夸。教学楼、食堂、图书馆的楼发出明亮而温暖的灯光，就连工作不勤恳的路灯，也整齐地照着行人通往的方向。

我从路灯下走过，走过银装素裹的冬、明艳娇媚的春、茂密浓深的夏，还有古色沧桑的秋。有时匆匆，有时迟缓。我已然记不得路过它们时自己的姿态、心境。路灯依稀亮着的时候，我总乐意浪费时间琢磨自己的影子，那种心情就好比女人永远都能从一面不忠诚的镜子里收获满足。当然，我只能从影子里窥见我的轮廓，以至于大部分光影都以留白的形式呈现给我，所以这赋予我创造和想象的空间——在这个可塑性极强的自我和世界里，我撒了欢地重新建构和设计自己，仿佛一切初始萌芽。

为此，我总忍不住嗤笑自己。中国人向来尊崇"先生"，这和我们沿袭已久的经验型社会不无关系。得道者传道，失道者求道，无外乎是经验上近乎复制般的传承。正如中国的厨子制造美味，靠的是掌勺的年轮。食材的搭配、火候的把控、力度的大小皆靠经验。故年长者，即先于晚辈出生的人，通过日积月累的沉淀，在经验习得上是大有资质的，而资质就意味着一定程度上的声望、地位、权力——先生。察我现状，亦算得半位"先生"，我倒总巴不得以后生自居，并自我告诫：一切初始萌芽呢！

是呀，如果一切初始萌芽，那么一切都是崭新的，像是被呈上来的包装精美的礼品盒，你还可以充满好奇小心翼翼地拆开它一次。

当然，这些仅仅是我的想象。都说社会学家的想象力是让人震惊的——旅行家可以用交通工具来践行自己环游世界的理想，而社会学家甚至连脚步都不需要迈，因为即使他们坐在空旷得徒有四壁的屋子里，他们也可以通过意识建构出世界的模型。我不是什么家，但是我积郁着什么家的理想，至少我从不缺乏想象力——只是瞥见影子，我就能捕捉到整个世界。

正值我最爱的秋天。

总有人喜欢赋予秋天肃杀、悲伤、寂寥、荒林的意味，而我偏好庄子的"正得秋而万宝成"。有物于秋天凋零，更有物甚于凋零者，于秋天结实，更甚者，于秋天萌芽，譬如我的心。是呀，如果心值此时萌芽，那么由心生的万物也可萌芽了。

我寂然伫立灯下，温度凝固了般，却有动态的风掠起我的发，撩拨得我的脸颊直痒痒。也有风拂过满地枯黄的梧桐叶，沙沙作响；拂过我头顶的枯枝，于摇曳中摩擦有声。它就这般在如海的天空里咆哮。

此刻，我于满地参差斑驳的树影里看到自己的影子上伸出一对薄薄的翅膀。

钢　笔

　　还记着儿时初练字，力道不够的小手掌紧握着重量不轻的钢笔，尽管眼珠子都快掉到字帖上了，然而那些被我写出的字符偏偏和字帖上躺着的那些相差万里。

　　再一次执钢笔已经是十年后的事了。

　　快速消费的文化模型塑着笔市场的变迁，圆珠笔、中性笔成了其中的弄潮儿，款式和笔芯的推陈出新就像梅雨季节里拼命直线下垂的那些水滴——你永远不知道它们会在什么时候停下来，停止对你生活的入侵。

　　此时我的墨迹已经从笔尖与纸张的接触点向外蔓延开来，起先是针尖儿一样细，后来竟填充成一个不大不小的圆点。

　　我的手没有移位，脑袋被塞入一堆密密麻麻的文字，却踟蹰着不知如何下笔。究竟是生疏了！

　　我好不容易才得到这支钢笔。没有拿到它的时候，我殷切地盼望着它的到来，就像孩童时代盼望着每一个礼拜六的到来，多么纯真和热切！然而拿到钢笔，灌入墨汁、端上纸面的那一刻，我突然不知如何下笔。像圆珠笔那样扭来扭去吗？如何起承转合？笔锋该落在何处？

我尝试着模仿书本上的宋体小心翼翼涂鸦了几笔，倒也不那么难看。微弱欣喜。

我尝试着沿袭我这十年来的字迹，若是要展露钢笔的笔锋优势，那速度就好像爬行的乌龟，其背壳上还压着千斤顶。

我想，平日里写日记、做笔记、考试，倘若拿着的是一支钢笔，恐怕我这副江城人典型的急性子要磨出火花来。

在这个效率至上的年代，可不可以逆流而上，做一个和乌龟争慢的人？

这是一个众声喧嚣的年代，是一个光影流水的年代，喧嚣的年代却造就了一批批内心孤寂的亚文化群体，流水的年代却造就了一拨拨不愿随波逐流的慢生活者。

钢笔，曾经铭刻了光阴流转里的故事，却被渐渐埋藏在历史变迁的尘埃里。

它是孤独而沧桑的，亦是内敛而有气节的。大潮抛弃了它，然而，总不乏体己的人儿，拾起它，视之如珍宝，且行且珍惜。究竟，它值得被温暖相待。

那些执起钢笔的人儿想必也和钢笔有着类似的气节和境遇，于是策笔奔腾，旅途自此不再孤单。

下雨天

曾经四年的轨迹里，不断重复着的是北方的秋天。

我在北方见识到的秋天是炽烈的：如果一场雨要到来，那么一定有剧烈狂躁的风盛装远迎。不经意间，你的衣衫已经被疯狂荡起，一阵阵土腥味混杂着小草的芬芳进入了你的嗅觉系统，接着你的视野骤地覆盖上一片灰蒙蒙的图层。待一切气势做足，紧锣密鼓铺张宣扬的大雨便倾盆而下，啪啪啪啪，好似一场劲爆的踢踏舞盛宴，钢筋骨不够结实的雨伞可是躲不过这样一场摧毁性的盛宴的。好了，一看温度计，红色水银嗖地变成小矮人，噢，是时候把垫衣柜底的大衣请出来御寒了。纵使是这样，我在北方总没觉得冷。除了无处不在的暖气，还有无处不在的情谊。与我最合拍的小帆，陪我完成了几乎所有计划中和计划外的冒险。北郊和南郊、秦岭、蓝田、袁家村、西安、咸阳、重庆、武汉、兰州，我和她经历了第一次旷课、第一次彻夜不眠、第一次偷爬城墙、第一次坐海盗船、第一次吃浆水鱼、第一次坐游轮、第一次坐皮筏子……现在，她成了我在北方的牵挂。

有时候，总和宿舍除我之外的唯一一个南方人虹仔窝在一起，一副耳机一人听一只，听达达乐队，听《南方》——我住在北方，难得这些天有许多雨水，让我想起了南方。大概是想念南方的温存、家的暖意了。一开始，性格爽朗脑袋一根筋的我并不怎么喜欢这个娄底的心思像纠缠在一起的毛线一样的女孩子，然而那种南方特有的细腻，就好似瘟疫一样蔓延，我完全没有抵抗的能力，以至于她几乎成了能够照见我的一面镜子，倾听她便是一种自我认知。

四年后，命运使然，我们终于又回归了各自的南方。

自毕业后，蛰居家中数月，不知不觉已是秋天。经历了北方深秋的雨水，再重新体悟南方的秋意：南方的雨，是没有过多轻重缓急的诗意地泼墨，是烟雾缭绕的湿气厚重地宣泄，是要让阴云映衬得不分白昼地低吟浅唱，一时间竟有些不习惯这样的软绵绵和无精打采。

兴许软绵绵的屋外的雨，应该有软绵绵的屋内的棉被做里外照应，秋的主题才会格外丰满。

当然，蜷在被窝里的孩子也不用太慵懒，把耳机塞进耳朵里，让舒伯特、巴赫、门德尔松的音符与你的听觉神经交织缠绵，任脑袋深深地陷入柔软的大枕头，如果可以安然入睡，那么就去构造一个天马行空的远离尘嚣的梦吧。

爱的旋津——聆听卡农

《假如爱有天意》是我的韩国电影记忆储备中最诗意和文艺的一部。一阵风吹拂着飘窗，珍藏的泛黄的信纸在微风中翻动，召起了女主角母亲的一段刻骨铭心的爱恋，而这恰同女主角自身所经历的爱情。虽然人生无常，最终彼此错过，但斗转星移间，那不可思议的缘分牵引着下一代儿女的小手，红线悄系，纠结缠绕，爱是宿命，更是天意。

不知是否留意过，《假如爱有天意》的片头曲及插曲均引自德国音乐家约翰·帕赫贝尔的代表作《D大调卡农》，我没有办法隐藏对这首曲子从始至终的热爱。相信但凡听过这首曲子的人，再坚硬的心也会变得柔软起来。

叔本华说，音乐是最有力量的艺术，仅凭音乐本身就能牢牢抓住敏锐的心灵。事实上，若要正确理解和欣赏音乐杰作，需全神贯注，好把全部身心都交给音乐，徜徉其中，以便理解音乐那至为亲切的语言。

·卡农其实原本并非曲名，而是一种复调音乐创作技法。声部之间的曲调自始至终交替重复，如影随形，间隔数音节不停，造成绵延不断之感。这份简约源于德国人特有的理性思维，用数学公式般严丝合缝的演绎方式，将音符与数字进行完美编排与对位，让听者感觉到在一条永无止境的理性之路上呼吸与徜徉，给人以宁静、平和、舒畅与鼓舞。

《D大调卡农》没有浪漫派交响乐的跌宕起伏与惊心动魄，但在平缓淡雅的旋律中，却涌动着瞬息万变的动人起伏。作者将对亡妻的悼念融入其中，曲目中没有惆怅与哀伤，却更多地凝练着对过往回忆的眷恋、对隔世之爱的憧憬和对生命轮回的理性思考。

这里忍不住提到另一部韩国经典电影《我的野蛮女友》，这部电影可能在女权主义者向男权示威或是重构性别话语主导权上具有一定的社会价值，当然这是一个方面。这部电影我反反复复看了数遍，每一次温润我心灵的，还是爱的旋律和天意。女主因为男主长得像她去世的男友而制造了一连串的故事，女主的野蛮和霸道，都只为找寻曾经的那份情愫，当女主清醒地意识到男主终究不是她去世的男友的时候，选择了分手。

人来人往的地铁站，错过的一趟扶梯；两人居两座山头遥遥相望，渴求相恋，却互不相知；一人在地铁等候区无意间窥到正远去的地铁上对方的背影，下意识苦苦相追却终究被无意识的地铁生生隔断。

这些错过的情节，伴着主人翁失而复得的喜悦和得而复失的悲伤蹒进我的心里，直抵内心深处，从相亲出发，到最后相亲回归，《D大调卡农》这首曲子的贯穿，在提琴、钢琴的清脆伴奏中不断回旋，如同生命的循环轮回，象征爱恋的不朽不灭。可谓是这部电影最能成为注解的灵魂了。

整部电影亦让我嗅出了中国戏剧的色彩：难分难解、忽悲忽喜、喜乐相间，纵使是大悲的戏，最后也总得带点团圆的色彩才收场，显得迂回曲折。

所以，卡农可能不仅仅是德国音乐界的卡农，更是具有普世价值追求的我们人类心中最真挚、纯洁的爱的卡农！

这就是卡农，它的曼妙之处在高潮部分得到了升华，在提琴、钢琴的清脆伴奏中不断回旋，如同生命的循环轮回，象征爱恋的不朽不灭。结尾乐章的舒缓，以涅槃之态烘托出一份超脱爱情的生命叩问。

我聆听卡农，聆听的是曲折回旋、跌宕起伏，聆听的更是幽深曲折且悲且喜的爱情和人生啊！

大众化的小清新

一袭白色棉麻长裙（或小脚九分裤）、干净简洁不能轻易看出品牌的帆布鞋、纯色的耳塞里播放着娓娓道来的通常只有吉他伴奏的人声、以45度角仰望湛蓝的飘着白云如棉花糖的天空、把手轻盈地搭在眼睛上，阳光透过指缝洒下来，读村上春树、安妮宝贝、张爱玲，听陈绮贞、张悬等清新的音乐，拥有这样一些行为表征的人，我们常常定义他们——小清新。

小清新群体主要分布在20世纪80年代到21世纪初出生的群体年龄段，也就是"80后""90后"们。自改革开放以来，中国社会转型在速度、广度、深度、难度和向度等方面都是前所未有的，在从同质单一性社会向异质多样性社会转化过程中，文化各部分失调现象突出。在霸权文化尚不得建立的情况下，"80后""90后"面临着前所未有的文化冲击与迷茫。"小清新"不是弱势群体，也不是强势群体，属于夹心层。其构成主体往往是刚离开校园不久，在社会上还没有获得支配性地位的人。像极了英国社会学家鲍曼的"新穷人"概念：他们在经济上有一定收入，尽管不足以让他们获得社会主流资源、进入奢侈场所，但他们的贫穷感并不强烈，因为他们用逃避贫穷感的方法来对待自己的贫穷，不愿承认自己相对的贫穷，你要说他穷，他跟你急。他们对付这种尴尬处境的办法，就是创造清新的、抵抗消费主义的幻觉文化。

小清新们利用豆瓣网等虚拟社区，寻找和自己在社会中扮演的角色类似且有着类似的旨趣、价值观的人，从而找到自己在这个小群体的位置和归属感。社会学家吉登斯在其结构化理论中提到，"一种社会定位需要在某个社会关系网中指定一个人的确切'身份'。不管怎样，这一身份成了某种'类别'，伴有一系列特定的规范约束……某种社会身份，它同时蕴含一系列特定的（无论其范围多么广泛）特权与责任，被赋予该身份的行动者（或该任务的'责任者'）会充分利用或执行这些东西；它们构成了与此位置相连的社会规定"。小清新们扮演并维护着自己的社会角色，通过自我展示和沟通交流得到群体中其他成员的理解和赞许。

由于互联网实现了跨时空的人际互动，小清新们则通过对自然、清新、纯粹的兴趣追求形成具有"精神共同体"属性的"虚拟社区"。豆瓣是一家Web 2.0网站，主要通过用户点击及购买电子商务网站的相关产品来获得收入。在豆瓣上，可以自由发表有关书籍、电影、音乐的评论；可以搜索别人的推荐，所有的内容、分类、筛选、排序都由用户产生和决定，甚至在豆瓣主页出现的内容也取决于用户的选择。从2005年3月至今，豆瓣的注册用户已经超过5000万，用户以受过高等教育的青年大学生为主。

作为一个社区，豆瓣没有通常社区网站为增加访问量而设的积分和升级系统，它通过用户的收藏和评价来"推测"，靠自动排位上升。可用性、操作性、人性化，是豆瓣坚持的三大原则。豆瓣目前还推出了许多手机客户端软件，如豆瓣FM、豆瓣读书、豆瓣笔记、豆瓣音乐人、豆瓣小组等。

首先，根据豆瓣网站运营的内容——有格调的电影、书籍、音乐是符合我们对小清新文化的认同的。记录分享、发现推荐、会友交流，这是豆瓣在用户网站使用指南中对用户站内路径的指引，也可分别对应豆瓣导航的三大组成块：品味系统（读书、电影、音乐）、表达系统（我读、我看、我听）和交流系统（同城、小组、友邻）。品味系统——读书、电影、音乐——"内容为王"，由于其推出的电影、书籍、音乐符合小清新的审美诉求，故能吸引并成为小清新们的集散地。

其次，豆瓣小组直接成为小清新传播及交流思想的平台。笔者通过登录豆瓣网，以小清新为关键词在豆瓣小组板块进行搜索，其中以小清新为基调的小组共有604个。其中小清新小组共有成员103123位。以小清新为关键词进行话题搜索，则显示有118811个结果。数据足以显示小清新的范围之广并呈逐渐壮大态势。

另外，通过百度指数的用户分析可以看出：一、豆瓣用户男性略多于女性；二、年龄段20—29岁最多，10—39岁为主；三、用户的职业最多为学生，其次为IT界；四、高中以上学历为主，本科以上的高学历者占较大比例，豆瓣用户年轻高学历的特点是十分明显的，这亦能在一定程度上说明小清新群体的旨趣不低；五、经济发展水平越高的地域产生的小清新越多。

小清新亚文化虽然是以反消费主义的姿态出现的，但在当下这个消费主义横行的社会中，我们无法忽视经济力量对小清新亚文化的影响。

对于小清新群体而言，他们不可避免地需要通过消费来展示和塑造自己的社会身份和地位。如为了展现自己的品位，则需购置与自己品位相符合的服装乃至搭配；为了展现自己的摄影旨趣，则应有配套的相机作为载体；为了表现自己热爱自然，则需要发动身与心的旅行来释放。随着风格表征与消费行为之间的关系越来越密切，亚文化个体先赋经济资本的重要性也日渐凸显。尤其是当表征"我是一位小清新"的门槛开始降低，那些真正以行动来实践小清新风格的人会在圈内获得更多的尊重和仰视，然而，这些实践都必须以经济条件为支撑。因而我们可以说，纵使亚文化圈里有一套以文化资本为轴心的理想秩序，但其中也隐藏着一套以经济资本为轴心的现实秩序。而随着消费主义力量的渗透，以文化资本为轴心的理想秩序正面临着被以经济秩序为轴心的现实秩序超越乃至替代的威胁。

小清新群体最开始仅仅是由一小部分人组成，尚属小众。然而，在消费主义大行其道的今天，它逐渐从小众文化演化为大众消费。随着小清新的格调、品味所表现出的物质上的喜好和兴趣被商家们所熟知，市场经济的力量就开始不遗余力地致力于开发、运用小清新亚文化长尾的经济效应，于是，我们看到，不仅是文学、电影等文化市场，就连日常生活中衣食住行等领域也纷纷开始以小清新风格来包装产品。根据百度指数的豆瓣用户量由2008—2012年的变化态势图，我们可以看出，2010年关注豆瓣的小清新群体已经不局限在小众范畴了，而大有"大众"的气势与规模。

在多元文化格局下，小清新群体的生存和发展都被赋予了时代的特征。他们既是中国当代社会急剧转型的产物，同时亦是结合个人旨趣追求的结晶。对于小清新群体在消费文化浸染下的发展路径，作者尝试构思了两条思路。大众文化是非评比性文化，无好坏之分。所以倘若小清新走向了大众文化，我们不必叹息。但倘若小清新能自身努把力，进入社会上层，最终过渡成为"小精英"，想必会构成美妙的社会图景。

拈花微笑数张杲

他年逾古稀，皓首长发，一缕白髯迎风飘散，一袭宽大的中式上衣，俨然一个超然世外、有着仙风道骨的隐士。他就是当前蜚声海内外、誉满大江南北的花鸟画大师——张杲先生。

2012年4月28日，画家张杲"拈花微笑"壬申新作展在西安大唐通易坊的翠溪画苑隆重开幕。这个由陕西省美术家协会、陕西省国画院、陕西日报书画艺术专刊主办的，为纪念毛泽东《在延安文艺座谈会上的讲话》发表七十周年的张杲新作展，引来了八百多人次参观。陕西省美术家协会党组书记吕峻涛、陕西省美术家协会名誉主席赵振川、陕西省国画院院长范华，以及著名画家江文湛、陈国勇、王金岭、张之光等出席了当天的画展。

这次画展是张杲隐居南山淡出画坛十五年之后的首次展出。自1998年10月在英国伦敦皇家大道画廊举办张杲、方楚雄等联展后，张杲切断与外界的所有联系，隐居终南山，潜心创作。

不似其他画家悠游于商业和艺术之间，在陕西乃至整个中国画坛，在1998—2010年这12年期间，张杲一直处于隐居状态，不参加外界的任何活动。除了读书作画、钻研电脑，张杲把大部分的热情都投到种花和画花上。采菊东篱下的悠闲滋润着他的艺术生命。

远离尘世的喧嚣，弃绝庸俗的礼节和虚伪的应酬，抖落一身功名负累，隐居山林，道法自然，返璞归真，追求人与自然的真善美。画家张杲这种陶渊明式的文人风骨在当今画坛无疑是独树一帜、独领风骚的。这种境界，不经历磨难是不会有的！吹尽黄沙始见金，繁花落尽才是真！

张杲于1942年生于西安，祖籍山东昌邑。童年时代，为生活所迫，曾经在暑假里卖冰棍、寒假里卖报纸维持学业；青年时代曾在虢镇河滩里放马，木工厂解板，给人打土坯，在西安火车站做苦力。

苦难的童年、坎坷的经历铸就了他坚韧的性格和愤世嫉俗的潜意识，继而化为成就艺术的内在动力。他的率真、坦诚，给他的绘画注入了质朴的、天然去雕饰的本色和动人的真意。这些磨难也陶冶了他的灵性，为他留下了最本真的生命之金，也使他有了凤凰涅槃后的升华。麻木者沉沦，知耻者而后勇。

1959年，张杲拜"长安画派"奠基人石鲁为师。作为初学绘画的入门者，这个阶段是极为幸运的，因为他正好赶上了影响和改写近现代中国美术发展史的"长安画派"的崛起。这个以"一手伸向传统，一手伸向生活"为宗旨的画家组织，其作品虽都类似"习作展"的国画，却以别开生面的样式，一扫晚清至近代中国画坛的陈风习气。其代表人物就是被称为"长安三杰"的石鲁、赵望云、何海霞。这个以山水画创作为主体的画家群体，对当时中国画面临的所有重要问题均展开了异常活跃的创作研究。学习传统是他们的必修课，深入生活是他们的着力点。

在这样大的艺术环境影响下，张杲与其他爱好绘画的青年人一样，不仅全面接受了"长安画派"的艺术主张，同时也身体力行地实现这样的艺术宗旨，为其日后艺术的成长奠定了重要的基础。

1979—1981年，张杲进入中央美术学院师从李苦禅和李染可教授。在两位大师那里，他系统学习了中国画的传统理论和技法，对两位大师的不同风格有深刻的领悟，是大师首肯的得意门生。他完全可以以此为资本博取世俗功利，但张杲没有，又将目光投向西方油画。西方油画中鲜明的色彩和强烈的质感，给他带来了巨大的震撼。在精熟的中国水墨画技法的用笔着色上，张杲将西方印象主义的写意风格融于自己的绘画当中，使他的画作在精致与闲适上散发出缕缕蒸腾不息的生机。他把西方油画的色彩和中国画的线条巧妙地融合在一起，独创出没骨填彩及写意双钩技法，从而形成了自己独特的风格。这种大胆的开拓与兼容正是张杲不囿传统藩篱，而追求个性与自然的表露。那些奇妙的枝叶和花朵，不是应物相形的结果，而是迷狂的产物，是物应于心、心动于情、情赋予形的结果，是对沉醉在梦里形象的执着追求和大胆抒写。既不同于传统的中国画，也非所谓的现代水墨。

作为艺术，是源于生活，又高于生活的。张杲深谙其中真谛。外出采风写生，深入大自然去撷取每一笔上天赐予的生机与财富，去领悟每一个灵动的生命，是他最乐此不疲的事。

2012年5月，他再次整装出发，驱车奔往他心心念念已久的胡杨林。抚摸着这大自然漫长进化过程中幸存下来的宝贵物种，深感胡杨林妩媚的风姿、倔强的性格、多舛的命运，张杲顿时得到了精神和思想的释放，他忘记了自己的年龄，把自己演绎成一个不谙世事的孩子，在无边无际的大沙漠里狂奔着，端着单反相机对着让他大饱眼福的风景不停地按下快门键，也时不时停下来任画笔在速写本上摩挲……他仿佛如接受大自然恩惠一般徜徉在这现实的美景中。正如他每次外出一样，他把现实的物映射到他的画纸上，无处不彰显着现实主义和浪漫主义有机融合的魅力，从而折射出一种中国画的现代感。

在构图上，他把裸女穿插在画面中，以画面构成的开合起承，使裸女在画面中占据主导地位，从而用香草美人解构传统花鸟画的意识形态，以极富视觉冲击的画面建构了自己的新格局。这种形式至今看来还是新颖的、大胆的，也是饱受质疑的。但是面对美人，张杲却在念着

《心经》，写着《金刚经》。他的"花卉人体系列"几乎每幅画面上的落款都是佛经，他是真诚的，也是虔诚的，他一直在追求心灵的绝对自由和身体的释放，一直在刻意打破规则的范畴寻找精神的栖居。

张杲不是用笔来作画，而是用心来作画。正如说话一样，有些人用嘴说话，有口无心；有些人用心说话，话虽不多，字字中肯，句句能拨动人的心弦。张杲的画处处带意，笔笔含情，从而产生摄人心魄的艺术感染力。他的每一幅作品都是那么梦幻般在漫不经心的散漫中透出精致的美丽，真可谓：古朴恬淡平中奇，超尘拔俗写意真。

回首张杲数十年的艺术经历，他始终坚守着自己心灵的方向，用自己独特的绘画语言谱写出传奇般的生命史诗。他多次举办画展，从被忽视的边缘状态逐渐成为主流倾慕的艺术大家，"驽马十驾，功在不舍"；他多年游学国外，荡涤了开阔的视野和心胸，也让自己的绘画呈现出贯通中西、大气纵横、汪洋恣肆的艺术风貌；而张杲的绘画，就像是一份向任何人发出的邀请。它们处在永远未完成的时态，永远都在召唤它的读者，参与到对于艺术未知的探寻当中来，并在由这种探寻所折叠和打开的生命节奏与图卷上，更新着我们每个人同自身的相互关系，引领我们的人生完成自己的生命图画。

在柔软中砥砺前行

大西西和小西西

三年前，我在香格里拉独克宗古城的幸福味觉餐吧做义工。老板娘养了一只"镇店之宝"——一只金毛狗，名叫西西。

在我还没有进入幸福味觉餐吧这个其乐融融的小团体的时候，西西就被唤作西西。然而始料未及的是，我自我介绍时也自称西西。我的到来为这儿的人添了不少麻烦，原来她们叫西西的时候，金毛狗西西会撒娇地回应她们；而现在她们叫西西，同时响应的还多了一个我。由称谓重叠导致的困扰愈来愈多，燕子姐转了转她那水汪汪的眼珠子，指着我说："以后你就叫大西西，它叫小西西！"

最先看到这么大一只毛茸茸肥硕硕的金毛时，我不知所措。我从来没有和这样的"庞然大物"打过交道，自然也不甚明白和它的相处之道。

我并不是不热爱小动物。让我们把情景重新设置为我还是小西西的时候：瘦小的我捧着一只和我一样瘦小的毛茸茸的阳光黄的小鸭子，小心翼翼走到厨房。厨房里向阳处的换气扇咿呀地不停歇地旋转，绞碎了洒下来的阳光。围着围裙的妈妈挥舞着锅铲，在大铁锅里吭哧吭哧地敲响奏鸣曲。我试图把手里捂得快出汗的小黄鸭递给妈妈看，很懂事的小黄鸭和我一样，在不安的空气里瑟瑟发抖。"妈妈，你看，我捡到一只好有趣的小鸭子，我们能不能把它留下来作为我们家的成员？"酝酿了好久，我还是委婉地表达了我的意愿。"行啊！"妈妈伸手去拧煤气灶的旋钮，蓝色的火焰呼的一声失踪了。"扑通扑通"我听到自己加速的心跳——妈妈这么轻易就答应了？"我很欢迎这只可爱的小鸭子成为我们家的一员，可是，如果我要花钱和时间把它养大的话呢，我就没有精力养你了，我就得把你送去别人家！"妈妈顺手将炒好的黄瓜片塞了一片到我的口中，吓呆了的我，咀嚼着口中的黄瓜不知滋味。那天在饭桌上，我举着筷子无所适从，半小时前，我的手里还是那只乖巧的鸭子，短暂的时间就人是物非了……想到我自己选择了和小黄鸭分别，我还是没噙住眼泪，扔掉筷子如脱了缰的野马钻进沙发里，擦着奔涌而出的鼻涕和眼泪。

后来，养小动物这个念想就在我的愿望单中销声匿迹了。

我以为我的朋友清单里，再不会出现小动物了。哪知道，到了这人间仙境，我的际遇也变得复杂和莫测起来。

我该如何处理和西西的关系？

这只懒洋洋的平日里只爱趴在餐吧门口打呼噜的金毛狗，凭借着它优良的品种和讨人爱的长相，饱受这古城里公狗的欢心，也如同餐吧的一块活招牌，时常能招徕游客驻足。不过，它并不是谁都爱，好像特别听燕子姐的召唤。我也模仿其他顾客给它挠痒痒，用胳膊绕着它的脖子给它做按摩，它不反抗，也不享受，好像一个习惯了被宠爱的高傲的公主。

有一次和燕子姐去新城采购，我们拗不过它，只得任它一路溜达。到了进入地下超市的时候，保安拦下我们，示意不能带狗进去。我就自告奋勇地留在超市外看住西西。燕子姐不放心，踩上了手扶电梯还回头看我们，西西意识到燕子姐离开我们的时候，它像挣脱缰绳的野马一样拼了命地往电梯上冲，我的唤声成了空气。我所有的神经都紧绷起来，奋力去抱西西，但是很快就被它挣脱了。只得喊站在一旁的保安来帮忙，一番折腾过后，总算回归平静。西西不安分地趴在地上，偶尔回头看看我，大多数时候，它的眼神始终直直地看着燕子姐下楼的方向，眼睛里分明有被主人抛弃的哀怨和忧伤。我被震撼了，日本电影《导盲犬小Q》的场景在我的脑海里闪现：和仁井夫妇告别的时候，坐在汽车尾座上的小Q不停地回头张望，看着仁井夫妇的身影一点一点缩小，它眼睛里闪烁着泪光……好像有什么柔软的东西在触碰我的内心，在这个人情越来越冷漠的社会，浸润于动物这样的忠诚和爱，注定是让人热泪盈眶的吧！

自从这次波折的采购经历后，我和西西的关系好像近了一些，它好像已经开始承认我的存在，并接纳我这个大朋友。每每我大声唤它的时候，它都极其听话地挪动它的小脚掌朝我这边扑来，把头搭在我的臂弯里，向我撒娇。

每天早晨，我在餐吧准备完早餐，就会耐心地把做三明治裁剩下的边角余料收拾到保鲜袋里，待它和燕子姐下楼来，就把它引到门外喂给它新鲜的早餐。西西的胖可不是虚胖，它食欲相当好，食量也惊人地大，不管我准备多少丰盛的早餐，它都会舔食无遗。

跟它熟悉了，你便会享受一种特殊的待遇，那就是得到它无条件的信任和拥护。有的时候带西西在古城里散步，爱狗的游人会被它吸引，会躬下身抚摸它，甚至给它投递食物。纵使是它最爱的火腿肠，只要看到我走去其他地方，它也会拒绝陌生人的善意，挣脱他们的臂膀，朝我行走的方向一路飞奔。

燕子姐始终相信西西是能接收到我们发出的讯号并进行准确解码的。她闲下来的时候，总会顺着西西的金毛帮它一遍一遍地梳理。有的时候梳理累了就附在西西耳朵边细细呢喃，西西乖乖的，也不闹，好像能听懂似的眨着眼睛。

快要离开这里的时候，我握住西西的前爪，揉着它细软的小肉垫，唠叨了好久好久。它耷拉着眼皮，睡着了似的安静地倾听。当我提及我要离开这儿，要和它分别的时候，它突然一下子精神抖擞地站起来，圆圆的眼睛一眨都不眨地注视着我，眼角有些低垂，好像要分泌出泪液的样子。

我不敢和它对视，只得把头转向一边。握着的西西的手也被我松开了。我周围的氧气好像一点点被抽离，我快要听不见自己的心跳了。

狗的生命历程就时间上来看，不到人的十分之一。何其短暂！兴许在未来的某一刻，我仍会把我的足迹安置在这里，兴许我可以见到人气更加旺盛的幸福味觉餐吧，兴许我还可以张开臂膀和依然年轻美丽的燕子姐拥抱，然而，兴许我再也见不到西西了。兴许这一别，就是永别。

亦兴许，我该抛弃现世的世俗观念，去相信藏传佛教里倡导的：生命有轮回，生命总在前世今生转世里绵延和奔腾。这样，我和西西就永不会分离，它永远都活在我充盈的故事里。

永远。

流年田野间

柴火气

梧桐冷雨,天空中涌来羽毛一样的白。这是暮冬里的最后一场雪,换来田间屋檐瓦片一年到头的终极洗礼。

沸水浇入茶杯,正山小种的松烟香扑鼻而来,奔涌在发黄枯槁的纸页上,如此,便有了我的小王国。

每一个季节都需要一个仪式,就像门外高悬的灯笼,就像门上贴着的对联,就像堂屋前院子里燃烧着的柴火。噼里啪啦,噼里啪啦。

问先生:"为什么雪一落到地上就融化,而落在屋顶瓦片则能保持原模原样?"

答曰:"因为土地是有地气的,是地气迅速将冰雪融化。"

地气凝聚着院子中央的这团火焰,也凝聚着这一大家子的人气。

格外需要保暖的老人们贪恋着它；在外潇洒倜傥的青年回了老家，第一件事就是裹上臃肿的棉袄，穿上粽子般的棉鞋，这还不够，除了躲在被子里的时间，一定要在柴火前烤烤火、祛祛湿，凡接近柴火一次，哪怕一分一秒，就再也离不开它了；小孩子们更是迷恋这多姿的火焰，且疾驰，且慢行，且悠然。

袅袅升腾起的烟，忽而厚重，忽而虚无，像极了柴火旁一大家子人有心无意、有意无心的你一言我一语，虚虚晃晃间歪打正着或是义正词严间剑走偏锋。

曾经从纷乱的烟火俗世中逃离出来，以为纸上没有烦恼、烟尘，后来发现，决定烦恼是否存在的，不是纸，而是心的轮廓。

从此，你接纳了闪电、雷雨、风雪；从此，你的生命中多了更多的亲人。

酒

万物隐在风中，也许化作火焰的一支，也许扮作月光。方三岁光景的桐桐，捡起地上的一根树枝，在沙堆中画下一道河流，埋藏在"河流"里的晶莹的石子，他说要送石子回家。沙砾，碎石，旧年的瓷片，寻着小村的流年光景。

本真隐在酒中。闷烧了多年的情绪，拉拢不得的感情，被掩盖的故事的原委，通通在酒后挥发在神经里，求醉人原形毕露，往往若不是大煞风景，就一定石破天惊。

先生心思如发丝般细腻，偶有心事，不肯吐露，如在酒后盘问他，他则掩抑不住矣，更多时候，则愿意主动奉上"秘密"，叫人好气好心疼又好笑。

认识先生的第一年，邀请他参与我家的家宴。虽然深知我母亲不太想让父亲喝酒，还是给父亲带了酒作为礼物。席罢，他与我及我的父母一起乘出租车回家。喝多后的先生在出租车上昏昏欲睡，一会儿呼噜声此起彼伏，一会儿又兴致勃勃地同大家说话。突然，他故作小声，实则大如霹雳地朝我嚷："我们待会儿回去一定要把我送给叔叔的酒藏起来，不然阿姨肯定会不开心的！"就这话，还被他反复嚷嚷了不下十遍……

先生上一次喝醉是在一大家子兄弟姐妹五年来第一次团聚的时候。

被车子送回家的路上还在打电话询问其他兄弟是否安全到家。等他自个儿从车上下来，就在那一瞬间，整个人倾倒在地，吐得稀里哗啦。又自己站起来，朝我的方向走来，拉着我坐在家门口的台阶上，把头靠向我，睡着了……

此时此刻的先生，已经安然入睡。就在几个小时以前，他为了劝姑父家的哥哥，让他陪媳妇去岳父岳母家探亲，一起陪老人住几天，磨破了嘴皮儿，喊破了他本来就如破锣般的嗓门儿，当然还特意拉着哥哥喝了酒。思想工作没有做通，然而，酒下去得急，量也大，所以，不出我所料，先生不可避免地醉了。

先生曾告诉我，我可以在他喝醉的时候就他平日对我含糊其辞的秘密刨根问底。说实在话，我真想把心底的问题探个究竟，可是，爱不爱我、有多么爱我这样的问题，又岂是靠语言能得到确切答案的呢？

理想类型

　　她伫立在朦胧的夜色里。深秋，身影被海藻一样的长发包裹住，显得比往日还要单薄。她说她要回家，于是我披上外套，送她出宿舍，及至校园生活区的门口。

　　她说："茜，你要把每一次这样短暂的告别当作毕业季离别来预演。"

　　她知道，我终究要回我的故乡，她说："回到自己故乡的孩子，就像觅到水的鱼。"

　　曾经真的有那么一刹那，我几乎倾尽所有勇气，打算留在她的城市，可誓言从来经不起风云变幻，又何况是天崩地裂。几年前的某一个临界点，我们裹在她的柔软的白色棉布空调被里，床大得足以不让我们触碰彼此的肌肤，就这样，我们彻夜卧谈，从友情到爱情，从大学到人生，仿佛那些深夜里的离宿出走，只为了饮遍西北的风。第二天一早，挂着哭红肿的眼睛，吃她母亲亲手包好的包子，然后正式告别。合影为证。

她安静的时候，好像我的整个世界都一同沉入海底。她没有不安静的时候。

我和她最后一次说再见是在深圳。我从中国澳门返武汉，为了见她，特意坐船在深圳停留。她请了假来接我。

才出站，一个身影影影绰绰晃到我面前。她穿着复古色调的粉色的中式改良旗袍，袍子有些宽敞，罩着她的身体显得小小的。裸露出来的一小部分胳膊莲藕般粉嫩，有点肉感。她连与我同行的伙伴的饮料都一齐买了，塑料袋勒在粉嫩的胳膊上，留下一两圈红。

她总是有超出常人的细腻和细致，一路碎碎念如切割得粉碎的丝绸，就在你将要厌烦的时候，聒噪的情绪竟被丝绸抚得柔滑。

她提前给我订好酒店，就在她与同事合租的宿舍附近。标准间，两张床，我们各自一张，习惯性地保持半米的距离，既不过分亲近，也不太疏远。在附近的超市一脸娴熟不停歇地给我挑选水果、零食，怎么也不嫌多。临夜里，她还赶回宿舍带一包裹衣服给我试，然后照样在网上订了送我。

念及我喜读书，甚至买kindle（电子书阅读器）予我，宽慰我说这样出门就不用为带什么书费神了，也不再愁我弱小的身子骨负担不了书本的重量。

细思来，与我同龄的她为我做的一切，简直近乎一位慈祥又温柔的长辈。

你可以认为以上两个她是两种理想类型。然而故事并非虚构，如有雷同，纯属巧合。

爱情纪

　　他说，我们就选一年前那个相识的日子，还是订那间餐厅、那套桌椅，点同样的菜品，相对而坐。总之，一切都要还原第一次见面的场景。对，尽管我们彼此了解，也要揣着第一次接触的新鲜和神秘感，然后再重新认识对方。不被磨钝的感情总该成为向往。

　　有所奔忙的日子总逝得仓皇，我还是会习惯性地偷偷找个喘息的时间，把之前经历的都掏出来如数家珍。

　　是的，我们认识一年了。

　　一载光阴于一生来说，何其短暂。于此时此刻这样的时间节点来看，又确实遥远和漫长。

　　起初，我看好他的沉稳与踏实，喜欢他的聪慧，看重他对家庭、对父母弟妹的责任感，欣赏他对工作的热忱及对生活的美好向往。后来，我发现这些都只是他吸引我的品质，而绝非让我动心之处。真正让我产生"爱"的感觉的，是他的脆弱。在家人重病时无法替其受罪的脆弱，只身处于陌生工作环境的脆弱，近三十而未立的脆弱，生活纷纷扰扰繁杂所迫的脆弱。正如我很喜欢的作家安德烈·莫洛亚说，真正的女性爱慕男子的力，因为她们稔知强有力的男子的弱点。正是他的这些被我觉知的脆弱，让我忍不住把爱和他关联起来。

投入的爱有时候会表现为对被爱者怀着一些莫须有的担心和惦念。吃了早点没有？是否按时吃饭？有没有多喝开水？走路要小心不要摔着！开车要注意啊……有时觉得可笑，他前三十年也没有在我的督促下按时吃饭饮水种种，现在还不是生龙活虎的。想来于他、于我，可能都有一种做对方的保护人的执念，把彼此捧作一尊瓷器，总担忧某一天对方一不小心就碎掉了。尽管这些在旁人看来真是毫无必要。

我常似被逻辑的引线放逐的风筝，在风中飘摇，向天空奋飞，直到有些精疲力竭，逻辑的引线断了，终于坠落地面，落入他的怀抱。

我有时抽象而明晰，苦苦追寻着生命的家园、生活的意义，具象而混沌的他并不寻求，他仿佛就是生命，就是土地、树、草、河流、山川、炊烟。

我总不可避免地和其他女子一样，寻找一种关于“唯一的爱”的答案。他没有办法从理论上给我一个满意的解释。遇到我之前，他脑海中从未勾勒过我的形象，可能有千万种形象都是可以与他匹配的。直到我们的相识，他兴奋地告诉我：“你就是我一直期待的那个人！就是那个唯一！"

究竟是不是呢？

也许是的。这并非说我们之间有一种宿命，注定彼此不可能爱上别人。并且我们如果不相识，我们仍然可能在另一个人身上发现自己的"唯一"，然而强烈的感情经历改变了我们的心理结构，从而改变了我们与其他可能对象之间的关系。犹如经过一次化学反应，我们都已经不是原来的元素，因而不可能再与别的元素发生相似的反应了。

也许，"唯一"是靠个人知觉的，如果我主观上认可这一点，那么爱情就可永远作为一种理想化的力量常驻心间。

无幻想的爱情太平庸，基于幻想的爱情又太脆弱，我想，通过他的真实，可以不断激起我的幻想，而这种幻想又能逐渐化为真实。

幸福的爱情，可能就是能不断激起幻想又不断地被自身激起的幻想所塑造的真实罢。

以上总总，见笑。

成长二三事

一

我的乐趣于每一枚朝阳初升的清晨苏醒。

小心翼翼掩上门，点开手机歌单第一曲，属于我的旅途就这样开始。走出宿舍所在的校区，耳际开始流淌歌单里的第二首歌。这时候，坑坑洼洼的路上的来来往往的车子里，形形色色裹挟着倦意和漫不经心的车主的侧脸蒙太奇般地在我眼前闪现。

就着这些蒙太奇，为每一幅肖像勾兑一阕往事，独自吞噬属于编剧的快乐，是我必做的功课。于是总免不了一个趔趄踩进水坑，当然常常是泥坑，然后沾一鞋的污秽，跟着受牵连的还有我用漂白剂泡了无数遍的白裙子，这时不得不提起裙角，减小动作的幅度。

走到主校区的校门的时候，心里怀揣着的大石头终于落地，手中捏着的裙角被汗浸得有些潮湿，皱皱巴巴的。忍不住讥笑自己此前的提心吊胆。耳畔由抒情跳跃为动感，步履开始无所顾忌，由婉约变为豪放。

由于此前婉约过度，豪放一发不可收拾地奔袭而来，以欲盖弥彰之势。

复想起挚友们对我的评价：初识——静若处子，再识——动如脱兔。

二

每个月中，总会有一到两个女孩子红着眼眶，雪白的肌肤上挂着晶莹剔透的泪珠，把寝室内外情感不和的事向我倾诉。

我总怀着几分怜悯，不管三七二十一先逗对方破涕为笑，再试图积极引导。

送走学生，却忍不住把埋藏在记忆深处最宝贵的物什挖出来惦念一番，像眷恋咕隆把茶倒进嘴里后的余味。

其实私下里我是有些眷恋这样的分分合合、唇枪舌剑抑或是冷战的。

过了一定的年龄，你会发现，想要把对方气炸，或者被朋友呛出眼泪，徒生几丝银发，是和登天一样难的事情。为了维持表面和谐而有选择性地保留真心，只说些不咸不淡、不温不火、不痛不痒的话，这样失真的交往是很难擦出火花的，当然也是最安全不过的。

当你发现你的情绪不再被她拨弄的时候，你们之间，恐怕也就真如君子之交淡如水了。

我开始一发不可收拾地怀念她和她们，连同记忆里鲜活的争吵，和那颗被奉上的最质朴、最柔软的心。

三

这是我第一次站在八号楼的某一间教室的讲台上，唯唯诺诺地打开电脑，把自己的课件拷贝上去，然后紧锣密鼓地开始准备接下来的课程。

我曾经坐在这栋教学楼某些教室的学生座椅上，仰头凝神望着老师，时不时做点笔记，也可能开点小差任思绪飘散。然而此时此刻，我站在当初被我仰望的位置。

台下学生的眸子纯净无瑕，映着小小的我。我要给他们讲的是《大学生感恩系列课程之感恩父母》，然而情感体验不够饱满，这常常使我很被动。

下意识看显示屏上的时间，还有七分钟铃声将响，出乎意料的是，手机铃声比上课铃响得更及时一些。是父亲打来的：去外省办事的父亲嘱咐我为他网上订购一张回程车票，催得很急，所以我必须立马办妥。

上课铃响了一会儿我方回到教室，面对学生质疑和无奈的眼神，我有些手足无措，认真地道了歉，期待着被他们原谅。

凝视着他们青春稚嫩的脸庞，终于明白了自己所处的位置这些年发生了怎样的更迭：在我还是学生的时候，我对父母充满了依赖，父母为我营造的港湾足够温馨，以至于我总能为自己不努力、不勤奋、不够负责找到托词，因为我有父母可以依靠！

然而此时此刻，我不再是一名学生了，我目睹皱纹爬上父母的皮肤，我回避不了他们视野的局限和狭隘，于是在不经意间，我开始掌握越来越多的话语权，由言听计从到出谋划策，由被体贴和照顾到主动体贴和照顾父母，从某一时刻开始，我成了让父母依赖的那个人，也正因为这份珍贵的依赖，我开始学会坚强、独立、勇敢和吃苦耐劳。

我想把我的这种心路历程分享给这些闪烁着耀眼光芒的孩子们，不管他们懂不懂，但是他们或早或晚都会懂的。

毕竟，依赖权转让这事儿，食人间烟火的谁能避免呢！

用　心

　　一天，一位朋友偶然向我倾诉，说自己刚刚经历了一场突如其来的肠胃不适。当然，我不是医生，没办法从生理角度接上这个话题。风将我的睫毛吹得凌乱，我的眼光就透过稀疏的睫毛望向他，带着几分严谨的疑惑："你最近吃饭是不是没用心？"

　　他先是一阵发呆，接着笑出声来。我想他一定觉得不可思议，也许会抱怨我太过敷衍他，竟然拿吃饭是否用心来搪塞他刚遭受的身体疾病。

　　记忆里，上学后的日子，"要用心"是老师们使用得最高频的词汇。"上课听讲要用心呀！""写作业要用心呀！""考试要用心啊！"仿佛所有有关绩效的一切，都会被"要用心"来填充、塞满。所以在往后的日子里，我们每一次听到有人对我们说"要用心"，大概都会伴随着神经紧绷，千军万马过独木桥的嗒嗒马蹄声不绝于耳。

　　生活中当然不是只有绩效可追求，当然也不是事事都必须要拿绩效来衡量。相反的，在许多时候，一旦死心塌地地奔着绩效而去，似乎就意味着我们离美、意义、快乐等这些与绩效不相干的品质越来越远。在追求绩效的时候需要用心，难道探寻美的历程、觉知生活中美好的细节、挖掘生命存在的意义、经营理想化的生活不需要更加用心吗？绩效的达成，是对我们在某一件事上的态度的肯定，然而，当你偶尔慢下脚步，偶尔停止慌张搜寻的目光，将生活中曾经被你忽略的平常小事用一种新的视角去看待它，你会发现，一种新天地华丽丽地在你眼前，生活中充满鸟语花香，而此时你的人生境遇峰回路转，又萌生出万物复苏的生机。

所以我以为，追求绩效是要用心的，追求美的时候，更是要发动身心去感知，那个时候，你就会惊喜地发现生活处处皆是美。

我还是忍不住想要回顾一开始提到的我和朋友的对话："你最近吃饭是不是没用心？"这并不是一时脑热搪塞人家的玩笑语，而是一句严谨而又踏实的关怀。不论你是坐在金碧辉煌的琼楼玉宇里享用着山珍海味、饕餮盛宴；还是居于陋室当中，摆在你面前的不过是几样粗茶淡饭；哪怕是在人潮熙攘、嘈杂喧闹的食堂或快餐店，你都可以让自己沉静下来，想象着呈现在你面前的食物，是怎样在田间地头成长，然后由食材加工为食物的。面对精致又美味的食物，你可以细观它们的品相，再去感知它们给你的味蕾注入的兴奋与活力；面对那些不怎么美味的食物，你可以尽情地构思是什么导致它没有那么美味，或者你可以怎样使它变得更加美味。总之，你可能为了果腹而饮食，为了接下来更有精力干活就将它们狼吞虎咽，或者脑中还七零八乱地沉浸在饭前手头遇到的难事上，粗线条地咀嚼着食物的同时，连同把焦虑、烦恼一同咀嚼着。亲爱的朋友，如果有一天，你发现你对一日三餐抱着应付的态度，那么，离你应付人生的习惯的养成，可能就不远了！

对于不用心听音乐的人来说，贝多芬等于不存在；对于不用心赏画的人来说，毕加索等于不存在；对于只读流行小报的人来说，从荷马到海明威的整个文学宝库等于不存在；对于终年在名利场上奔忙的人来说，大自然的美等于不存在。

想一想，一生中有多少时候，因为没有用心，我们把自己放逐在世界丰富的美之外了？

军训人手记（上）

于惺忪中窥见车窗外的天，已经由沉寂的墨水蓝渐变为暖暖的牛奶白。这一切好像一场静默的无人观看的魔术表演——孩子们都安睡在这摇晃如摇篮的车厢里。

我已经不记得有没有在颠簸中将头靠在身边学生的肩膀上了，困顿如我——就在我试图堆砌笑容请楼管阿姨凌晨四点半为我开门的时候，阿姨快打结的眉头给予了拒绝的暗号，所以我草草收拾东西，重回办公室，把三张椅子拼到一块儿，就这样，半睡半醒俩时辰。

当我抵达军营的宿舍，小心翼翼在密密麻麻的单薄不堪的床架子间穿梭的时候，当我把同样单薄的床单铺到由简单粗糙的几块木板构成的床的时候，当山风袭来顺便带来门前的卫生间的恶臭的时候，我才意识到，原来可以睡办公室真的算得上人间幸事。

我可不敢丝毫乖张，自从发现学生们的澄澈眸子里对我的信任和爱，我的责任感就一路飙升——兴许我主动去享受这种人生难得的体验，她（他）们也会停下抱怨和唠叨呢？

进入一种新角色并没有我预期的那么顺畅，面临所有的一切具有不可知性，所有的遭遇都是崭新不可借鉴的，我所能做的，只能根据不断变化着的状态来调整和应对已发生和将要发生的问题。

第一次有学生晕倒在训练场，我追着连长跟着他的足迹一路狂奔；

第一次面临学生在卫生间无法动弹，我细心地为她穿上裤子，把她背出去寻找救援；

第一次拿纸巾擦掉学生脚腕上不小心划伤而流出的血迹；

第一次为学生按压输氧枕，耐心附在他耳边细细呢喃；

第一次带丢了饭卡的学生去食堂吃饭，大姐姐般和他一起勾兑家乡的记忆；

第一次因为给学生蹲下来拍照片而双腿发麻，第一次因为别人的照片过多而内存不足；

第一次加班、第一次分发百把钥匙、第一次挨批评、第一次整理几百份入学档案整理到吐、第一次因为工作而忘记吃饭、第一次检查学生宿舍、第一次遭遇学生的坏情绪……

想来才短短数十天，却好像把这辈子的喜怒哀乐都经历了个遍。

我永远忘不了中秋节那个下午，学生们围坐在草地上仰着头对我唱"世上只有辅导员好"；

我永远忘不了教师节那天，我桌子上躺着那些笔迹稚嫩的温馨的小卡片；

　　我永远忘不了向我敞开心扉的那些学生的面孔，她们的信任让我万分荣幸；

　　我永远忘不了学生们军训时挺拔的姿态，忘不了他们保持踢腿的姿势时念诵的激情昂扬的诗词；

　　我永远忘不了那两位直到晕倒才打报告的学生，是他们教会我什么是真正的坚强；

　　我永远忘不了受我批评的学生懊丧的眼神和面孔，我忘不了因为我的任性而给学生制造的不安和压抑，我想我们需要一起成长。

　　这些忘不了强化了我的使命感：为学生多跑点路、多喊几嗓子、多操点心、多费点神、多吃点苦，太值得去做了。所有这些我的付出，这些汗水与泪水，都终将结出甜蜜丰硕的果实。

　　就着南方民谣，捧着学生的军训日记细细读来，总不乏催泪者。

　　有个学生的笔迹干净纯粹，目睹那些小豆腐块居然能闻见星空的气息。

　　不知为什么，自从到了武汉，就再也没有见到过月亮，每次想念家人，总会抬头望去，可天空黑压压一片，什么也没有。但愿人长久，我会继续努力、好好军训的，有一天月亮出来的时候，我会送去最美的祝福。

我想这个孩子肯定是在乡村长大的，月光揉碎在家门口的小河里的时候，爷爷拿着大蒲扇摇摇晃晃、断断续续地铺陈着家族的故事……

月亮是伴随着我们成长的尤物，从纯真无瑕的童年，至深邃历练的古稀，当所有人模糊你的容颜的时候，兴许月亮记得。

此时此刻，我愿成为你们的月亮。

军训人手记（下）

　　进入学校南门，就看到佑铭体育馆这座庞然大物懒洋洋地躺在山坡上。我们的训练场借了体育馆的伟岸依傍在它身后。这些日子，天欲亮而未全亮的时候，我总会紧赶慢赶抵达这里。

　　操场门口守候着几株桂花树，天使般地散发阵阵清香，一扫路人身心的尘埃。阳光也垂青这天使，总钻进稀稀疏疏的叶子间，给本就青翠欲滴的绿抹上金色的影儿。这是我唯一能捕捉到的细节。

　　今晨氤氲在空气里的桂花香似乎比以往更沁人心脾了些，难得时间充裕，驻足观望——那片翠绿里竟然点缀着好多淡黄色的花瓣！它们玲珑的、细密的，好似清新淡雅的女孩子们围聚在一起，银铃般的欢歌笑语掩饰不住她们的娇羞；一小簇一小簇的桂花掩映在绿叶间，犹抱琵琶半遮面的意境在悄悄演绎。

　　我被眼前的意境震撼了，却也深感事态发展的不可思议——这二十多天来，我一直只窥见翠绿，闻见香甜，却从没意识到桂花默默地绽放了。好似它们的绽放就在一夜之间。

不知是我感知迟缓还是天生愚钝，我总是只能抓住事物的尾巴，不管过程缓慢流淌还是光速变迁。

花开好像真就是那么一瞬间，银丝侵犯父母乌黑茂密发丝的领地好像也是一转眼的事，就连自己的成长，好像也于悄悄然中酝酿而成。

慕容引刀说过一句很值得玩味的话：生活是一种慢，慢慢你就会明白的。能感知到生活的慢，那是智者，往往我们绝大多数人都把生活过成了一种快。

一切好像还停留在那晚漫长的新生点名，一双双澄澈的眸子和稚嫩白皙的脸孔蒙太奇似地闪现在我的脑海，但是当我再一次望着他们出神的时候，他们的方阵好像一大块被切割好的巧克力，他们的肤色就这样悄悄从牛奶或杏仁白悄然变成巧克力色，这是军训二十多日的结果，然而当我意识到这一切的时候，恍如一瞬。

当我最初得知要把面前的那套看起来磨灭个性、刻板生硬的军训服穿一个月的时候，我巴不得往后的每一天缩短为一小时。后知后觉，再扳起手指数日子的时候，发现军训就只剩下两天了……

我们常常抱怨现状，向往下一阶段或者另一环境的美好，而放纵当下匆匆流逝。可当我们真的过渡到下一阶段或是迁移到新的环境，又开始追忆和怀念不可复制的旧时光。就好像孩童时代的我们总憧憬长大，而真正长大后，才觉得如果能一直停留在童年是何其美好！

复忆起昨晚的梦境：我拽着一个学生——后面还跟了一群学生，我们飞奔着冲出一扇锁住我们已久的铁门，我们激情澎湃地翻越那道门，来到所谓的门外世界，可是门外空空如也，远不及门里的世界精彩，就在我们后悔这场冲动的冒险的时候，我们离那扇门已经越来越远了……

如果我们获得一种自由是要靠放弃另一种自由；

如果我们冒险的结局是走向一条回不到过去的路；

如果我们一开始想要放弃的正是我们该把握的；

如果我们不仅仅懂得欣赏一朵成熟花苞的美丽和芬芳，同时也迷恋着它绽放时的姿态；

如果我们一开始就意识到这些，我们的生命会不会更趋于圆满？

造梦之路阻且长

茶间书事

阳光和煦，透过被风摇曳开的木屑色的窗帘，倾泻在小屋里的大长方桌上。头顶温润的几束灯光如夕阳投射般，柔和地洒在木桌上的一小株绿萝上。花盆只有普通茶壶大小，绿萝小心翼翼蔓延出来，其枝叶带着几分柔，似耷拉在桌布上，细观实留了些缝隙。那抹绿延伸处，乃玉蝉姐的茶座，十来位布衣女子围坐席间，目光紧紧锁住玉蝉姐的一颦一笑。她屏气凝神，将身旁一把精致的老铁壶端起，注水至三只杯中，已悄悄弥漫整屋的沉香里又添了分新茶的春气和清新，伴着悠长如泉水般流淌的古琴声，玉蝉姐新泡的一壶茶似精灵跃进了席间女子们的品茗杯里。

玉蝉姐眉目清朗、脸颊饱满，时常含笑，凝神专注的时候，静谧如水，传授茶道的时候却像火把，指引荒郊野外杂草丛生中的迷路人寻到方向。这一日，她依旧将她茂密如海藻的头发垂下来，着一件领口有盘扣的中国红短袖，配一条洁白如栀子的修身中裤，简洁干练也不失中国传统文化的韵味。

　　从茶的历史渊源追溯到故乡，从其器物呈现到挖掘其文化内涵，玉蝉姐一点一滴倾吐着自己的心声。在品茗交流过程中，我作为初来乍到者，也试着从品茗时间、天气、汤色、口品茶味，到喉部、食道感觉按部就班地小心浅谈了我的看法。聆听完席间所有女子的发言，玉蝉姐道出了埋藏在她心中颇为珍贵的品茗体验：一位对她影响颇深的茶友，念及小学辄止，品茗专业术语尚不能完全把握，然而她对茶的解读却能打动人，如："雨点滴在森林的每一株植物上，敲在初发芽的嫩叶上，我光着脚丫，在森林的深处恣意起舞。"又如："这款茶有我儿时锅灶里烤出的冒着热气的玉米味儿。"

　　玉蝉姐的一席话敲响了我心里的晨钟，敲响了我前所未有的震撼与感动。我的内心被茶水浸润了，那种浸润拨开了我生命中的一扇窗，曾经无所名状的追寻，那种获得了种子却不知在何处生根发芽的忧思与彷徨，仿佛就在那一瞬间被赋予了意义。

我一直追寻的生活姿态，不正是发动身与心，躬身耕读，扎下根来，像一棵树吗？少年时候，我不知哪儿来的冲劲，像极了脱了缰的野马，奔跑是我唯一的状态。我不断地读书读书再读书，以扫荡图书馆和人文馆为己志；我不断地出走出走再出走，以遍览山川河流为己志；我不断地交友交友再交友，以朋友满江湖为己志；我也不断地批判批判再批判，看到的、听到的、触及的一切呈现在我面前的，远在天边或遥不可及的我都要指出问题，以显摆自己的高明。现在回忆当初的自己，不禁为自己捏把汗，险些患上强迫症、偏执症！

当年龄末位数值四舍五入便算而立之年之时，当我渐渐褪去了昔日的激情与躁动；当我发现读书已经脱离了最初的数量上的追求，当我意识到并不是每一次行走心都愿意跟随；当我朋友数量锐减，减至只有那么几个互视对方为生命之光的依靠；当我眼神中的包容与理解独霸天下的时候，我方知，自己开始沉下来了。

我没有办法用一句话简单地给"沉下来"这种状态下定义。

书将我的触角拨向内，从出发引至回归。它就像水，我知识体系里所有干涸粗粝的田野都渴望它的浸润。这种灌溉直入土地深处，赐予我由内向外的踏实和笃定。我也因此把批判埋藏得严严实实的，因为我知道自己所看到的、听到的、感知的只言片语只是事实真相的冰山一角。因为沉下来，所以我学会发动大脑、五官、身体与心去全面感知这个世界，再糟糕的事物，只要能嗅到一丝美好的气息，我就会给予认可。我的骨子里被注入一种名为中庸的灵魂，保守、冷静、不过分批判亦不去刻意赞美，没有了愤怒，一切清明澄澈。

书感召着我的每一根神经。识得欢喜的文字，我不会狼吞虎咽地一口气读完，而是细细读、细细品，逐字逐句，甚至要发动纸笔做摘抄和札记。每位作家的文字都如其人，爱上其文字的那页开端，离爱上作者就不远了。从了解字面含义，到懂得其传达的真理，再到迷恋作者的灵魂，需要花费很多精力和时间，然而当你真正抵达最后状态的时候，读书的环境——是在书桌前还是在喧嚣的闹市，读书的姿态——你是坐在舒服的躺椅上，还是挤在嘈杂的地铁里，已经不再分明。遇着至交，在哪儿遇着的不都载着满心的沸腾与欢喜？此时就仿佛作者出现在你面前，你们执手相望，不诉一字，眼波即可发送和接收彼此传递的信息。

茶亦感召着我身体里的每一个细胞。我尚带着与它初识的羞怯，亦怀着敬畏不敢冒冒失失、狼吞虎咽。然而我意识到，和它的相识会和书一样，我总会从了解、知道，到懂得。

我复又忆起玉蝉姐的发问，你们愿做怎样的茶人？

我的眸子忽地闪烁起来，我要观其汤色、品其茶味，并发动喉部、食道、肌肤、毛孔去感知它，我更想追随它至它的故乡、追溯它来时的路、触摸它的灵魂直至彼此浸润！我不会再用专业指标如苦感、涩度、酸度、香度、饱满度等来敷衍我对它的感觉，我要将我们的回忆编织在一起，我要告诉它，是它召唤起我清晨光着脚丫子撒了欢奔跑在西大街青石板路的记忆；我要将此时此刻的我们相融在一起，是它浸润了我干涸的感情，充沛了我的心；我也要将我们的未来汇聚一处，我是它的一部分，正如它一样，如同我温暖的手套、冰冷的啤酒、带着阳光味道的衬衫、日复一日的梦想。

　　是的，成为我世界里唯一的、柔软的、干净的，天空一样的存在。

一个梦啊

浓墨的夜笼罩下来，白天熙熙攘攘的人浪和如影随形的嘈杂匿迹于这漆黑中。苍穹就这样笼罩着形单影只的我，耳朵里灌着绵绵的柔滑不腻的《往事如梦》，心神沿着音符发散、蔓延，意识飘起来，身体此刻轻盈成一片茶叶，越来越感知不到自己的重量……

"叮咚"流淌的音乐戛然而止，手机屏幕中央跃出一条信息，恍惚中点开瞧，是一则QQ好友申请。就在下意识点击"忽略"的一刹那，手指又缩了回来，目光所及之处是对方的头像，乍一看是一片恍惚的光影，细看才觉察是一片被阳光照耀得茎叶通透得如翡翠的叶子。那图像里的光，魔力般地拨开了这黑夜，明晃晃地植入我的心底。于是我鬼使神差地选择了"通过"，就这样，这片叶子成了我添加陌生好友的始作俑者，当然，我更愿意视这样毫无征兆的突发事件为命运的安排。

我常常沉入对命运的琢磨当中，偶尔也调皮地与它玩一场抗旨意味的搏斗游戏。我终究意识到个体之于命运，就好比那齐天大圣与如来佛祖，纵有那筋斗云的功夫，在众生面前大显神通，却最终翻不过五指山。当然，我笃信造化弄人亦有其依据，慧根不会如平庸的种子撒满地，然而心地善良的孩子必有好造化。基于此，念及走过的这二十余载光阴还算是顺风顺水，大致如我所愿，我能做的除了继续鞭策自己善良下去，也会感念上辈子自己所积的福祉。

我绝没有刻意贬低人的能动性去烘托命运的意思，只是有的时候不得不慨叹命运安排的神奇。还记得小学时候某一个梦里，梦境为中学军训场景，训练队伍中，站在我正前方背对着我的，是一位着巴西队球衣（明亮黄上衣搭配草绿短裤）的男孩子。后来真正经历军训，站在我面前真实可触的穿巴西队球服的男孩子的出现，山雨袭来般召唤起我那日的梦境。从那个时候起，我开始尝试去思考因缘际会这样不如天地鸿蒙初开般宏大，却足够细腻深邃的命题。

复忍不住去玩味新添加好友的头像：那片光影中透亮的叶子，似是梦中物，又似是被哪一世的我捧在心尖儿上的，转念一想，指不定是前世的我哩！把精神全汇聚在人家头像上了，竟忽略了早已呈来的几则消息，关键词大致如下：芸夕、背包客、自由职业、浪迹天涯、四海为家。

"你相信命运吗？"

"嗯。"这不是我一直在思考的命题吗。

"那你相信有前世今生吗？"

"嗯。"否定前世今生也就否定了命运这无形的手吧。

"我确信，我的前世是一片白茶。一片想要流浪却终成就人家一杯茶汤的白茶。所以今世的我要实现前世的理想。"

QQ对话就是这样，听不到对方的声音，窥不得对方形容，琢磨不了对方的情绪，只有豆腐块整整齐齐垒在那里，用来想象和联系的空间大得不可琢磨。回答芸夕的话表面波澜不惊，实则其人已激起我心中千层浪。他把日子经营成了我向往的模样，他的思想空洞得如没有星星的夜幕，却又踏实得恨不得钻进土壤里，他说出的，都是我思考过的，唯独那句"我的前世是一片白茶"例外。在看到他的头像之前，我兴许会对这种想象嗤之以鼻，然而，此时此刻，我倒觉得前世做一片白茶不是没有可能的。

我也有前世吗？我的前世在这宇宙中，是一种怎样的存在？会和这位"不速之客"一样吗？那片玉般玲珑的白茶叫我凝住了神。

阳光并不如盛夏般炽烈，柔软均匀地照耀着，耀得他的身体泛着浓绿的光泽。厚实的他躺在菱凋架上，显得有些不自在，望着远处一米来高的灌木丛发呆——他来自那里，白天，那些树木的树皮显得有些粗糙，呈暗灰色，并不养眼，却是孕育他生命、供给他营养的母体。我就躺在他身旁，看不清自己的模样，却也忘了来时的路，只是凝神望着他。我只知道，我们躺在这里，是命运的安排：我们被甄选为可以化成茶汤的材料，接下来，我们要接受阳光的洗礼，我们的水分会逐渐减少，在外界一定的温度、湿度条件下，随着水分的逐渐散失、叶细胞浓度的改变、细胞膜透性的改变及各种酶的激活，我们的身体将由脆硬变得柔软，我们的气味将由母体赋予的青草香变为淡淡的更被人所喜爱的花的清幽香味，我们的价值也将在这温度、湿度和阳光的作用下得到淬炼。

然而并不是我们萎凋过后马上就可以被派上用场，曾经一位长者告诉我，我只有经历萎凋、干燥两种磨炼之后方可实现价值。这并不是一个短暂的过程，也非易事。

我看到他的身体在缩小。"嘿，你和刚刚来的时候不同了呢！"我耐不住寂寞向他发话。

"唉！我知道我在萎缩，往事不堪回首，我曾经被朋友称作大白呢！"他叹气道。

这消极的回答弄得我一阵尴尬，一时不知如何接话了，却也耐着性子劝慰他："伯伯告诉我，要想成功，实现自己的价值，就需要牺牲呀！"

"所以，和其他的伙伴齐心协力奉献一杯好茶是你的理想？"他瘪了瘪嘴，"我曾经听一只喜鹊说，和天空一样蓝的还有大海，风会把大海吹向沙滩，形成比花朵更生动的浪花；我也曾得到蒲公英带来的消息，和山林一样绿的还有草原，一望无际任马儿驰骋的草原……那些都是我不曾察觉和感知的世界啊！难道你不想去看看？"

可能阳光的温度逐渐有些高了，也可能是被他这番话刺激的，周围的伙伴也聒噪起来，多是讥笑和怒骂："多么不切实际的家伙啊！""他只会做白日梦！"……我的心被他搅得不平静了，和天空一样蓝的大海？和山林一样绿的草原？如果真的有，那该是多么令我向往的存在！

"可是你和我们的命运一样，既然来到这里，将来就是要成为茶汤的！这不仅是我们的命运，也是我们家族的命运啊！"我还是将现实抛给了他。

"那是他们眼界狭窄，荒诞地以为生命只有这一种可能！而我，受命运眷顾，它托喜鹊和蒲公英向我传递更多信息，让我知道，我可以和你们不一样！"他想要万般遮掩的神气还是流淌了出来。

忽然，一双大手伸向萎凋帘架，一把举起，有微风拂过，没多会儿，就只能窥见头顶上方的大玻璃窗了。

"你想和我一起去看更辽阔的世界吗？我需要一个伴侣！"迎着风，他凑向我，眼神真诚而坚定。

我想和他一起去看我所不曾见到的世界吗？我内心被点燃似的给出

了肯定的答案。但是这突如其来的话题实在太具挑战性，认识他之前我从不知道自己还能创造另外一种活法，我的家族世代传承的价值理念是成为一叶品质优良的茶，如果追随他，我会不会违背母亲的寄托？在途中又会经受怎样的风雨和折磨？念及这里，我沉默了。

我小心翼翼地瞥向他，他眼神有些黯淡。我不好意思开口，从此他也缄默了。

没过多久，一只布满老茧的手托起我们萎凋架上的一些伙伴，摊在另外一张更大的竹席上，听他们说，是要拿去外面生晒。他们被那只手铺成薄薄一层，精致而干练，好像被遴选出的将要出征的雄壮的军人队伍。工人抬走竹席的时候，我们依依惜别，这时，我在渐行渐远的竹席上看到了他，他的眼神如之前我回复他那般黯淡，他没有像其他伙伴那样向我告别，只是默默任晶莹剔透的东西盛满眼眶，又迅速咽回去。

我知道，我让他失望了。

后来我辗转打听到他在生晒、乘工人耙动他们的时候，挪到了地上，再后来，被一只鸟衔了去，那只鸟朝北方飞走了。

我呢，后来则安安分分地接受了在火炉上的炭焙，火焰蒸腾起来灼烧着我的身体，伴随着阵阵剧痛。最煎熬的时刻，我咬着牙，含着泪度过了。也有那么一瞬间，我想，如果我就那样抛弃我的理想，和他一起越过山、蹚过水，做世界的观光客，该多么幸福美好！阵痛过后，只感觉有一只嫩手捧起我，赞美我香醇。

此时我似乎又被放在了阳光下，只是此刻阳光更耀眼，只觉得眼前一片明晃晃的，欲睁开眼却无论如何拼命也无法把这个世界纳入眼里。有什么停滞在睫毛上，像水晶，重重地挥不去。下意识去拭，才发现是泪珠盈满睫毛了。

又是一个清晨。和其他我所度过的几千个清晨没有什么不同，然而我，之于之前那几千个清晨的我，却仿佛发生了质的改变。

一直紧紧被我攥在手里的手机，微微有些发烫，最新一则留言来自芸夕，他说他下一站想要去遥远的南方茶乡，问我是否愿意同往。

你猜呢？

永　贵

　　那是五四青年节前一天的夜晚，我记得异常清楚。晚点名时分，我站在讲台上，借用青年节道出这一日是安静地坐在教室一隅的马永贵同学的生日，然后发动大家一同为他唱《生日快乐歌》。台下亦有学生带着疑惑的眼神窃窃私语："马永贵是哪一位？"于是我请他站起来向大家示意。

　　是呀，马永贵这个孩子，不发声的时候，就窥其瘦得干瘪如枯枝般的身体，没有人会将眼光长时间在他身上停留；发声的时候，他吐出的每一个字都不够饱满，以至于才出声就吞了回去，难怪在这校园里快一年了，还是有同学无法将其名字和人对上号。他就是这样悄无声息的，悄无声息到你打一个马虎眼他可能就从你的世界溜走了，但这种形容并非他本意。只见他腼腆地从座位上站起来，伸出纤长的手臂，赧着嘴笑着和周围的同学打招呼就能感知到，在这个时刻被大家认识是多么满足和幸福的事儿！

后来看到不常在网络发动态的他，那天专门在聊天软件上发了一段话："今天这特殊的晚点名恐怕难忘记咯。"还特意配了一张他平时与我聊天时特别爱用的灰太狼图像。他小小的喜悦的心情我可以捕捉一二。

这是我第一次借公众平台为一位在大家看来普通得不能再普通的学生过生日，我也扪心自问，作为126名学生的公共辅导员，这样公开地偏向或者讨好某一位学生的行为是可取的吗？当我念及不知还能这样陪他过几次生日的时候，我听到了自己内心坚定的声音：很多时候我们都在追赶机会，哪怕漏了一次可能就会是一辈子的遗憾，我要尽可能减少我们的遗憾。对，就是这样。

我确实不知道今后还有多少机会能这样陪他过生日，这当然不足以让我惶恐，真正让我不敢抬头正视的是马永贵，这个充满爱、期待爱的小男孩儿还能吹多少次蜡烛，这个世界还能承载他多少如花般的笑靥。

想来很滑稽，我第一次目睹马永贵的笑容竟是在他QQ空间相册里。在那个名为成人礼的相册里，记载了他在襄阳四中进行集体成人礼仪式的故事。故事里有他，有见证他成长的母亲，有笑容烂漫的伙伴。他穿着一件堆满同学未来寄语的中国红的T恤，一只胳膊搭在母亲肩上。那个时候他已经整整比母亲高出了一个头，母子同时站在画面里居然都留出大量空白，在面容上，他随母亲，瘦削而无颜色。身后的桃花，显得格外饱满艳丽。

还记得他留给我最初的印象，校医院致电给我们，告知他在医院检查的身体情况（严重肾衰竭），我们立马请来他母亲，共同商量治疗对策及学习计划。我第一次将目光投向他的时候，他眼眉低垂，眼神被地上的某粒尘埃锁住了一般，自然是一句话也没有的。我试图打破这沉寂，可心中点起的火把被他一个冰潭般的眼神浇灭了。他对我一定是没有任何好感的——对于一个请他母亲千里迢迢赶来再将他们心中痛楚一点点挖掘出来的人。

后来我一直试图点燃我的火把走进他的心里，隔三岔五地嘘寒问暖或者试图探探他的内心，媒介终端那头他发来的文字总是潦草的几句。我一度以为这个男孩子就是这样被生活折腾得深沉而丧失青春的朝气了，直到今年大年初八我借学校"百名教师访百家"的契机，亲自拜访他在湖北襄阳农村的那个家，才算真正认识他。

出襄阳东站，转两趟公交车，还需步行二十余分钟，一路远离市区的通途，城乡接合部最显著的特色在马营村展现。相比大众眼中家徒四壁的贫困，还与马永贵同学家有一段距离。但是他家真真就是社会变迁中的典型的一户农家——随着土地的开发与利用，原先用于耕种的土地不断缩小，池塘亦被填平，母亲日渐老去，已经丧失一部分劳动力；父亲成为社会流动大潮中的一员，家成了他短暂休憩的港湾，大部分时间都在外出务工，辗转、奔波、流离。

马永贵和他的兄长马永富，是这个处在社会底层家庭的希望。马永富是中南大学研究生毕业，为了照顾马永贵，找工作时专门选择了武汉的一家车企。两兄弟自小成绩就不错，也叫人省心。照理说培养出两位高才生，父母可尽享晚年之福了，然而马永贵的病情却成为夫妻俩无法释怀也不能安逸的噩梦。

得知我的到来，马永贵一大早就守候在襄阳东站了。当我出站时，看到寒风中高高的他单薄的杵得像电线杆一样的身影，不禁有一丝心疼，然而更多的是感动，为了迎接他的老师，按照他的话说是怕老师迷路，就一大早风尘仆仆赶来。他没有如聊天时的文字那般冰冷，在那个阴郁的冬日，他给了我最朴实的温暖。

一个多小时的车程，不算颠簸，然而由于没有任何景致而显得单调。车还未停就看到他父亲的身影。比我想象中热闹：他家中婶婶叔叔俱在（可能是怕我尴尬所以邀请了这么多亲戚来，也可能是得知有老师来家访吸引了亲人的好奇）。他母亲准备了一大桌子菜，丰盛程度不亚于年夜饭了。席间在座的男士们都饮了酒，不难发现他们脸上洋溢着的喜悦。然而一直在厨房忙碌的母亲，在归来席间的一瞬眼眶却是红的。她大概已经猜测过无数次为什么她的儿子会被选为家访的对象，在她心中兴许也有了一个较明晰的答案。

后来又是他那瘦削的母亲把他叫到房间，房门半掩着。她掏出一叠红钞票，草草数了几张硬塞入他的口袋里，吩咐他"好好带董老师到襄阳城转转"。

就是这样，我们才有了更深的接触。他带我去了他的母校襄阳四中，作为保送生的他，这所全国重点高中似乎承载着他特殊的回忆，他脱去了那层冷酷、安静的外壳，开始激动和兴奋起来，也可能是意识到自己的导游身份，他的话像断了线的珠子。一路上我都保持着一个倾听者姿态。

在襄阳古城里，他执意掏钱为我买了一串冰糖葫芦，嘟哝着"男孩子和女孩子出去玩本来就应该是男生掏钱的呀"，我拗不过他，只得让他付了钱，心里却更添了份沉重——近乎一无所有的人大概是最不在意身外之物的吧！可他又是这样缺少经济的支撑！因为那次深度接触，让我们关系近了不少，网络中的对话也不再生分。我总是有意无意地向他掷去关怀，他有时也不免质疑："你究竟是怜悯我，还是愿意真心做我的朋友？"他问的次数多了，我开始认真地思考这个抛向我的问题，后来我轻轻告诉他："刚知晓你的时候，我是出于同情所以对你投入关心，然而久了，亦发现你身上有澄澈得如栀子般的清新美好，所以我乐意与你掏心窝子，做你的朋友，做你的姐姐！"就这样，他将信将疑地接纳了我这个不太成熟的姐姐。

他的故事成了我们之间的秘密。有的时候约他吃饭，由于他饮食忌讳太多，又怕扫兴，故常常拒绝；有的时候我也会淘气地请来他的室友，旁敲侧击地询问他的近况；还有的时候也会试图向他索取一些关心和爱。有一次他说要给我一颗糖果，我指责他小气："一颗哪够，送我一罐吧！"后来他给我看他的日记，有一篇日记写道："阿D姐姐说我小气，只给她一颗糖果，可她不知道，那是我的糖果罐里最甜的一颗。"从这几行字里清醒过来的时候，我的眼泪已经流淌至颈部了。

从此以后，我们之间没有了辅导员和学生的对话，只有阿D姐姐和她的弟弟的对话。

对的，我是阿D姐姐。我有一位称呼我为阿D姐姐的正在生病的弟弟。

弟弟和我亦有相似点——爱写诗。他总不吝惜把自己的文字拿来和我分享。三月的尾巴，天气晴，他写道："森林里的风真调皮/时不时地跑出来/舔着我的脸/又嬉闹着离去/消失不见。"逢着雷雨天，他会写出这样的句子："昨天，我去了森林深处，捧着我最喜欢的连环画，很舍不得地交给时光老人，只是希望，他能多让春日停留两天。"弟弟最爱雨，下雨的日子里总能激发他的灵感："嗨，你可不可以推开窗户，让我告诉你一个秘密，我悄悄地化作一只蜗牛，爬到了你的肩头，你喜欢诗和雨，而我就这样看着，你很忧郁，也很快乐。"我是爱读他的诗的，在每一个月上枝头的夜里，反复咀嚼着，感知文字的温度，有的时候因为他的欢乐而欢乐，然而大多数时候，不管嗅到的是忧伤还是快乐，我的眼泪都不知不觉地落下来。

我无法想象他一个人的时候，默默承受的是多么大的痛苦，虽然他只字未提。在烂漫活泼的童年就被诊断出肾功能损伤，中学时就被知名医院的医生告知了生命的长度，那些成长途中吃过的苦，辗转求医的折磨，捏着鼻子喝过的药汁，由于家庭经济状况不允许而放弃最佳求医时机的无奈，因为病痛的难言之隐而产生的孤独与寂寞伴随着他成长的岁月！

在大学新生们欢欣雀跃着参加各种社团活动的时候，他也曾经鼓励自己，拿出最大的真诚和勇气参加自己心仪的社团，他很想贡献一份微薄的力量，通过义教的方式将自己所学倾力奉献，哪怕只能发出一点点微光，只能照见数米远的路。然而，坚持了一个学期以后，还是因为与治疗时间冲突，而被迫离开。

他也有心仪的女孩子，和所有同龄人一样，也有对校园恋爱的美好憧憬和期待，可是他在坦诚方面就输了，他不敢邀请心上人共进晚餐，他也试着表白心迹，却被委婉拒绝，于是他注定成为那个站在人潮涌动的人堆里望着对方背影发呆的男孩子。

他不过才二十岁出头，因为勤奋踏实成绩名列前茅，除了学业，他也有对爱的期待，有对所有美好事物的憧憬，然而，上帝却开玩笑般地熄灭了他前行的指明灯！

看到眼前他发来的消息，医生请他做好透析准备，我眼前一阵一阵地发黑。我脑海中立马浮现出他苍老的父母亲沟壑纵横的脸庞，淌在外出务工的亲人脸上的汗与泪，他的焦虑、彷徨与无助……

我曾答应等他的诗写得足够数量了，我就要以回信的方式回应相应数量的诗，然后请画家朋友为我们配上插画，联系出版社，让全世界都能听到他内心的声音，让他从此不再孤单。

我唯愿我不会撒下这世上最沉重的谎言。

追　求

　　和师兄同赴一场筵席。师兄恐怕只比我年长一岁，甚或一岁都不到，在学术上却比我积累了多很多的经验和造诣。师兄步子迈得大，三步并作两步对抗着迎面而来的凉飕飕的风。我在斜后方跟着，不敢落下。

　　这一路上，我们从写论文谈到发论文，从发论文又谈回写论文，多是我提问、师兄答。

　　忽然师兄慢了下来，撇过头来问我："小董，你有学术上的追求吗？"

　　一阵风卷来，灌进我的耳朵里，也狂魔乱舞般地卷走了师兄吐出的那句话。

　　脑袋一阵轰鸣。

　　"师兄，你刚说啥？"

　　"我问，你有学术上的追求吗？"他非常快地反应过来，马上又将把同样的问题以同样的话语结构抛向我。

我有些不知所措，明知自己从来没有认真思考过这个问题，恍恍然竟也找不出语言来搪塞，只照例跟在师兄后面走着。师兄也陷入了沉默。

我有学术上的追求吗？我问自己。

对于没有怎么念过书的人来说，如我这般两耳不闻窗外事、一心只读圣贤书，且寒窗苦读二十载的人，可能尚算有学术追求的罢？然而对于我自己来说呢？尽管念到了博士，也怀着格物致知的精神，可是比起那些励志读万卷书，废寝忘食钻研一个问题直至层层推理得到答案的人，比起那些在某些领域找到了自己的专长并做到权威的人，比起那些不断试错、不断写论文改论文的人，比起那些一个礼拜学习"五加二""白加黑"的人，我又怎么好意思说自己也是有学术上的追求的？

竟也觉得有点好笑，我读博士的动机一不在于日后成为学术大牛、学界泰斗，为所读专业的发展立下汗马功劳；二不在于博取功名利禄，耀家门荣光。

我的人生理想就是老老实实地当一名教书匠，而促使我读博士的原因就在于硕士毕业临近的时候，我认为自己还不具备一名教书匠所应具备的知识量、思考能力和内涵。

所以，综上所述，我可能真的没什么学术追求。

当我快快地把思考的结果告诉师兄时，师兄大笑："我也没有学术上的追求啊！"

撇去"学术"二字，常常听友人言及"追求"，通常是冠以生活或精神追求之意。可能我们大多数庸庸碌碌的人都会在长时间执着于吃吃喝喝、玩玩乐乐中时，遭朋友半开玩笑地嘲讽："你还能不能有点追求了？"

周国平先生说："一个人的灵魂不安于有生有灭的肉身生活的限制，寻求超越的途径，不管他的寻求有无结果，寻求本身已经使他和肉身生活保持了一个距离。"

基于对上面这句话的理解，我认为，对于人类来说，有了追求，人与人才得以区别开来；对于个人来说，追求的产生是他创造生命意义的起点；一个人的追求是对他个人精神面貌最深刻的映射。

亲爱的朋友，你有追求吗？你在追求什么？

那些纯粹地陶醉在经验与理论中的人，一定是有学术上的追求的；事业上的成功是一种追求；有不少人进而追求声名鹊起、声望俱增；也有人把腰缠万贯视作追求；当然，也有人从出生到离世都只在追求爱与被爱。事业、功名、利禄是外显的追求，是最具刻度性的追求，它们易于衡量，因而很可能导致人与人相互之间的较量。于是更多的人把时间花在了和其他人的比较上，而当初追求的目标，可能已经达成了，却在比较之后变得酸涩。至于那些追求过程中的惊喜与美好，早已被冲淡了。

非常粗浅地自察我的生活，我追求的生活是每日有茶可吃，每日有书可读，每日都有那么或长或短的个把小时奢侈地被我用来发呆、做梦及冥想。

看起来目的性弱了那么一些。

或许，正是因为这种目的性不强的追求本身演绎成了一种生活方式，只在于自身个性的探求，无关乎成功与失败，所以这种追求带来的快乐也会更踏实、更绵长一些。

当 "双十一" 到来

　　"双十一"就要到来，我瞥了一眼立在角落的洗漱用品架：灯光明晃晃地照着爽肤水的磨砂瓶子，瓶身三分之一处隐隐约约一道水平线。面膜还有三罐，根据它们的功效决定了它们被使用的频率，于是膏状参差不齐地排成一条海岸线。管状BB霜已显得十二分干瘪，我已忘了是前年什么时候买的。嗯，这就是我所有的护肤品了。至于化妆品，我是一样也没有的。

　　都说女孩二十五岁以后肌肤质量会呈直线下滑趋势，不知不觉我已逾肌肤天然水嫩的年纪，也任鱼尾纹和法令纹悄悄爬上曾经那副天真无邪的面孔。借着灯光，我仔细端详着镜子中的自己，又忍不住回想我曾经白净得发亮的面容，于是下定决心，就乘着这双十一我定要血拼一些高效的护肤品，抓住青春的尾巴就全靠它们了！

　　别的时间我不愿蹉跎在淘宝上，便挪用睡前时间一一甄选美颜神品。

点开手机淘宝应用界面，五花八门的分类、绚丽缤纷的模块裹挟着节日的狂欢透过电子屏幕朝我席卷而来。带着一丝惊喜和期待，我小心翼翼地触碰"颜值狂欢"板块，琳琅满目的国际大牌与平价小牌在页面狂舞着，我直接点开了平日里听得最多的SK-II神仙水，好家伙，广告赤裸裸地告诉我，一瓶这样的护肤精华露足以改写肌肤的命运！不仅可以清透润泽，还能调理保湿，甚至还能细化毛孔呢！只需一瓶神仙水，便能重拾年轻光彩！透过文字加图片加视频的结合，我仿佛看到了坚持使用这款护肤精华露20年后的自己，一定拥有冻龄美肌，且萌于同龄！手一抖，150ml的它就轻轻落入我的购物车，也就在那一刹那，我同时看到了这瓶水的价格：699元。什么？699元？699元足以让我买至少20本垂涎已久的图书了啊！

一盆冷水浇了下来，我整个人也从冻龄美女的幻想中清醒过来，于是劝自己再看看其他价格稍微"美丽"一些的护肤品。通过对淘宝不同店家的深入学习，我还了解到，同样一款产品，可能不同店家会卖出不同的价格，此外，折扣力度也不一样。如此这般，我被迫去货比很多家，这样才可能以最低廉的价格购得最满意的东西。

就这样，我每晚睡前紧握着手机，神经紧绷着潜伏及游移于各个店家之间，足足当了一个礼拜的侦探。

我暗喜，这下我终于可以以不算沉重的代价买到让我颜值驻留得久一点的护肤品了。

　　不过就在刚刚，当我照镜子的时候，我突然发现这些时日为了买护肤品而长时间面对手机，接受辐射、熬夜，我的眼神已经失去了往日的光彩，眼袋愈发大了，更可怕的是，脸颊上居然冒出了一粒不深不浅的斑点。

遥不可及的理性

有人欲摧毁我的童话王国，于是无止境地教唆要理性，要理性！

连我的专业书也如此大肆宣扬理性的精神，将之誉为社会现代化过程的基本特征之一。

理性——采用分析的态度，按照对象世界的本来面目去认识对象世界，验证对象世界。

一不小心，我便脱离了社会主流价值观和文化追求，沦为感性泛滥的这个亚文化群体的一员。

我似乎没有能力，也不情愿——按照对象世界的本来面目去认识它。话说，什么才是本来面目？

人作为高级动物，具有高级的思维，具有社会意识，具有主观能动性，其他的动物却不享有，这是真的吗？

水里的鱼儿果真不能与岸上的鸟儿一见钟情然后展开异地的恋情？

海水是咸的焉知不是水里的鱼儿思念它的爱人而进出的眼泪?

一栋房屋倒塌了,我们哭泣被埋葬的失去生命的人类,却不曾为房屋身体的苦痛而落一滴泪,这是理智的吗?

两辆汽车迎面相撞,他们会像他们的主人那样喋喋不休规避和推卸责任,还是会因为那个不经意的相遇而摩擦出爱情的火花?哪一种更符合时代的主旋律?

l'espèce était déjà vieille,
et l'homme restait toujours enfant.

人类这一物种已老,可人始终还是幼稚

游街的行人簇拥着合力掀翻一辆相貌英俊的汽车,如果他们知道汽车也会受伤、也会痛苦,他们还会这样不顾一切地伤害它吗?他们究竟是理智的人类还是理智人类大脑概念里没有思想的低级动物?

如果,董同学说:"'董同学所说的一切都是谎言'是个真命题。"那么，我究竟是在说真话还是在说假话？

逻辑悖论本身是一种理性精神吗？

为什么我陷得越深越觉得理性遥不可及？

理想家

上小学的时候我常常泡新华书店。教辅类的书我是避之不及的，被书店束之高阁的专业书我当然不会去扫一眼，除了一些不算生僻的经典名著和青春文学小说还偶尔受我垂怜以外，我翻阅得最多的就是室内设计与装潢类的书。

那时候，我和父母住着单位分配的四十余平方米的职工宿舍。客厅与父母的卧室没有间隔，而所谓的我的房间，不过八九平方米，被强行塞入一张书桌、一个梳妆台、一张一米五的床后，几乎不剩可供活动的空间。

生活有生活本身的运作逻辑，一个十来岁的小孩子没法改变它。在生活轨道以外，另外一个小乌托邦正悄然萌芽，那就是我的理想世界，当然，意识是物质的反映，所以我还是得通过一些客观实体来筑就我的乌托邦，那些用来筑梦的材料，就是室内设计的客片。

年岁小的时候，心被盛在一个小小的躯壳里，总向往大大的空间，恨不得将宇内都纳入胸怀。那时候，理想的家对于我来讲，一定要足够大。兴许是一楼，那么准需要一个小院子遍植花草，墨绿深处漾着古藤搭建的秋千。被托起，感受地心引力，落下，再被托起，太阳陪我拨动岁月的齿轮。如果不在一楼，那么就要尽可能选一个高一些的楼层，离星辰近一些，再近一些。屋子的面积也一定要足够大，大到被邀请来的小朋友在屋子里找不到方向，大到捉一次迷藏就是一天……把我的乌托邦掏出来讲给父亲听，光线柔柔地拥进父亲的眸子里，折射出一道彩虹。他说："看来我的女儿是想要住别墅啊！"

一晃十余年过去了，我原来的家被父母改造成三层小楼租了出去。在我念高中的时候，我们就离开了那间小屋，搬到了市中心离学校很近的一处住所。之后接近八年的求学加深造，我离开了父母所在的住所，辗转各处的宿舍，揣着小心翼翼的气息和有着不同气质、故事的女孩共一屋檐甚至共一床架。远离家，让我对家的概念渐渐模糊了：那种曾经幻想的以大为美的理想居所从聚焦到失焦，从灿若星光到如暗夜的河流。独居别墅——那把美好的钥匙，从来不曾开启过幸福防盗门。竟恍然大悟，建筑本身不怀情感，它作为一种意义化的符号而存在。而赋予意义的使者永远不是建筑材料本身，而是人、故事、情感。

当初那个四十多平方米的小屋，载着我最深邃的童年光景，常常出人意料地闪现在我的梦境。它身为陋室，不值一提，但作为一家人十余年的居所，它和斑驳的墙漆、裂了缝的椅面、布满灰尘的窗棂一道指引着过来人的去处。

如今再来看理想的家，我又有了一番新的具体的想法。

一定要有一间书房，其中一面墙布满书柜，好让我的书有踏实的安身之处。藏书不是一种社会需求，也大可不必为了赢得名声。书柜可以是名贵古木，买不起的话，一般木料也没有问题。我不要书赤裸裸齐刷刷地展露在外面，最好能全装上柜门，好牢牢守护着它们。书桌要够大，同时罗列几本书还显得不那么拥挤，笔和纸一定要留有足够的空间，顺便还能摆得下两只胳膊肘。

离书房最近的一间屋子最好是厨房——唯有书与美食不可辜负。

卫生间最好能有阳光洒进来，午后躺进浴缸里，有泡泡缓缓升腾至空中，阳光温柔地与泡泡交汇，镀上一层金色，留给墙壁一朵朵好看的阴影。在泡泡破灭前一秒，脑海中上演一个世纪的梦。

要有两个阳台，一个用来晾衣服和被子，一个用来喝茶、对话。要有两间阳光充足的房间，把光明的未来留给孩子，把最浓烈的暖意留给父亲和母亲。

所有房间里的灯都不必太亮，不必发出白晃晃的光芒，最好是暖白或暖黄，笼罩着一个温馨又不腻、简单又不匮乏的小世界。

电视只有客人来的时候使用，不要麻将牌，不要牌桌，不要保险柜，缺乏的东西本来就很多，少这几样更好。

男主人可以早些起床，于睡眼惺忪中窥见清晨第一抹光温柔地打在窗帘上。不要太晚归家，不然就总也捕捉不到夕阳的余晖落在客厅绿植上的温暖。

这一家子人，因为吃得简单干净，而又不闲着，所以身体不会很坏。因为身体不会很坏，因而没有肝火，脾气不会很坏，谁也不对谁急赤白脸的，这天下，没有什么大不了的事。

难得清醒时

难得清醒

一位正值芳龄、貌美如花、有市级电视台正式编制、父母经商、奔驰代步的学妹有一天向我倾诉,她对自己的生活非常不满意,想要寻求改变。这令我大吃一惊。她无比理性地罗列了对自己生活不满意的原因:工作过于安稳让人进取意识消沉,所在的岗位并不足以调动她工作的积极性,所在单位的同事对工作少有激情等。这让我不得不感叹,学妹真是一个难得清醒的女子!观学妹的朋友圈,总结其几点特质:爱读书、爱思考、爱独处。

我曾经被朋友认为有怪癖:总是想方设法地拒绝一些团体性的聚会、不爱煲电话粥、哪里人少就往哪里钻。一开始,我想将我的动机归纳一下,整理好思绪再正儿八经地向朋友娓娓道来。事实上是,通常在我鼓起勇气张开嘴倾吐不到三十秒,对方就会开启一段新的话题。原来,可能朋友只把这个当随意性的概化表达,他们注重的是形式、场面和氛围,而我可能过于在意聊天的内容与本质了。因此往后再聊到这个话题，我就腼腆地以微笑回应。

　　当然，作为一个心智健全的人，我是不会逃避所有的大型聚会的。每每在许多人的场合，我都要求自己做好一名观众，一名会观察到每个人的闪光点，并默默在心里鼓掌的观众。添加进时间和内容这两个变量，一旦某聚会时间超出了我原本的规划，导致接下来我自己的安排挨个撞车；这时候，如果大家聊天的内容开始重复，如同一根甘蔗被多人嚼来嚼去或是精华被剥夺走只剩下一些干瘪的话题像被榨完汁的水果残渣一样，这时候，我的精神面貌完全由我仅存的一点耐性在支撑了。当耐性余额不足的时候，我只能选择仓皇逃走。

　　在众声喧哗中，你所呈现的和你被呈现的都是模糊的影像。作为单独的个体，没有办法完整地表达和表现自己。当然，作为一个听者，所听到的和看到的也都是裹挟着嘈杂氛围的残缺信息和碎片化的观点。气氛看起来很热闹，大家都兴致勃勃的，你的情绪也被这股快乐搅动着、渲染着。携带着热情回到家中，洗漱完毕，躺回自己的被窝，这才发现自己的意识回到自己的身体了，你意识到这一天里你都做了些啥，该做啥而没做啥，不该做啥却又做了啥，清清醒醒、明明白白地对自己的一天进行一次堆积又重新归零的处理。这种自我的梳理就像一面清洁无尘的镜子，除了你以外任何人都不能替代。这个时候才觉得，活得明白又清醒才是一种踏实、一种充盈。那种喧嚣热闹的聚会所带来的充盈与此刻宁静而又清醒的充盈不可同日而语。

　　我没有自诩大师的意味，但我在这里想援引法国启蒙思想家卢梭先生的话："我独处时从来不感到厌烦，闲聊才是我一辈子忍受不了的事情。"

　　是的，我的怪癖就是爱独处。多年的集体宿舍生活给予我社会交往需求上的满足，于是每到周末我总是勤勉地往家里钻，从他人和事务中抽出身来。周末的下午，我沉迷于泡一杯茶，把经典重新找出来诵读，与哲人对话，与自己对话，赋予自己灵魂生长的空间。累了呢，就戴上耳机，听古典音乐，也听流行歌曲，音乐从耳朵流淌至脑海，一个个梦境便在脑海中翻腾。做梦是不是与清醒冲突呢？可能是，也可能不是，如果我们把幻想看作一种处于清醒状态下的情境创造思维活动，就在幻想与现实之间，真实的自己得以一点点被勾勒出来。

有段日子，我频繁地刷朋友圈，从页面顶端第一条读到上次读的最后一条；或是主动组织、邀约各种聚会；也会比其他时候更加期待一场节日狂欢的到来；比往常更加期待看到即将到来的一期电视综艺节目。反观那时候的自己，正是自身负担的任务过重，一时间捋不清头绪，于是沉沦在鼎沸的欢腾中，纵身跃入虚拟的时间圈，忘却尘世中的自己，以得到暂时的麻痹和快活。当然，不可避免的是，最终还是要洗心革面，重新挑起生活的担子，回归那个自我。真心厌烦那段日子的自己。

我发现，清醒持续得越久的日子，我会越容易产生满足感。由清醒带来的自我认知，以及由对当下清醒的认知带来的源源不断的动力，会让我每天都看到崭新的正在进步中的自己。

毕竟，一个连自己都看不清的人，怎么去看清这个世界呢？

逐梦天涯——心中有三毛在呐喊

我所在的这个以理工科见长的大学校园里，坐落着整齐划一的方方正正的教学楼，它们没有名字，仅仅以A—F这些标志性的字母作为区分。

铃响铃灭，黑压压的上下课大军穿梭在冰冷楼宇间，熙熙攘攘的人群里夹杂着由化学元素和物理符号构成的生硬的对话。你甚至让他们的面孔模糊了你的视界，于不经意间产生一种兵马俑人像复活的错觉。

在这个以"工程""项目""指标"为基本单位用语的氛围里，文学与艺术必是如黑夜里的五指，即使它在那里也是不容易看见的。值得庆幸的是，校图书馆的海量图书里也有文学类图书的一席之地：古代的，现代的，当代的，诗词、小说、散文、传记被统一编号，站军姿似的齐致地一一排开。它们站得紧密得不容得任何一本书插队。

有个作家的书倒是例外，哈尔滨出版社为其出版了19本文集，图书采购员索性一样进四套以防图书紧缺。然而它们都折损了，此时被透明胶布包裹着，无精打采地等待着它们的受众。书的作者，是已逝的作家三毛。

中国文坛从来就没有缺过作家，在这个受众逐渐开始掌握话语权的时代，发言人越来越多，有作者"资格"的人也与日俱增。在这场满是狂欢和刺激的文化饕餮盛宴里，信息的丰富和庞杂衍生了浅阅读的速读方式，渐渐地，读者们钝化了阅读的能力，模糊了审美的标准。那些曾灌溉无数枯竭灵魂的文学作品，那些有着文人风骨和特立独行精神的作家在时代变迁的疾风骤雨里失了光彩。

罗大佑为三毛作的那首《追梦人》还在耳畔回荡：

让流浪的足迹在荒漠里写下永久的回忆，

飘来飘去的笔记是深藏的激情你的心语，

前尘后世轮回中谁在声音里徘徊，

痴情笑我凡俗的人世终难解的关怀，

看我看一眼吧　莫让红颜守空枕，

青春无悔不死　永远的爱人……

然而，三毛的文字却面临着在书架上难觅知音的窘境。这着实让我这个三毛的推崇者感到痛心和无奈。

今日若三毛还幸存于世，便正好是她的69岁生辰。作为一位心系教育事业，并把自己的后半生投入教育领域的古稀老人，不知会不会为这些被教育磨得无甚棱角、追功逐利的学子们感到惋惜。

我总痴迷着三毛文字里那个黄沙漫天的撒哈拉大沙漠，也希冀着找到属于我的"荷西"以后，生出随君至天涯、做美厨娘的勇气和行动力，可终究还是在成长的环境里生了些畏惧和彷徨，尽管有人称这种钝化追求的成长叫"成熟"。

上中学的时候，除了人民教育出版社编订的课内语文读本用作主要教材，每学期还会发一本比课内书大且厚的课外读物。课内的语文读本总免不了和无止境的课后习题挂钩，想必这是每个孩子的噩梦，这严重削减了我这个小读者的阅读热情。由于课外读本的内容与试卷出题无甚关联，阅读的功利性和目的性也就相对弱了许多。我总是抱着十二分的热情去和那些文字接触。时而无拘无束地遨游在川端康成《伊豆的舞女》的世界里，时而徜徉于史铁生那个充满温情的地坛。

我印象最为深刻的还是三毛的那篇《胆小鬼》，那是唯一一篇能让我这个小读者产生强烈共鸣的文章。想来我那时年龄也恰好只与书中的主角差几岁，故有同感吧。《胆小鬼》采用平铺直叙的手法，描绘了三毛年少时受贴画和故事书的诱惑而偷母亲的钱的始末，全篇用语无生僻之处，故事贯穿下来很有韧性，似乎一气呵成，恣意畅然。谈及偷钱的动机和欲望，也自然得无半点矫饰。一个顶有名的大作家居然能如此敞亮地公布自己儿时的丑事而且毫不介意地交代细节，让我陡生对她的钦佩和崇拜。偷钱的经历，我小的时候也有过，小女孩子家家的总会受商店橱窗里林林总总、花花绿绿的零食的诱惑，父母不在家心里又痒痒的时候，偷自家的钱便成了可行性方案。支一个小板凳，稍微踮一下脚尖，大概就能将手臂伸进门口挂着的大零钱包里。与三毛的结局不同，我以胜利告终，而且还成功瞒天过海。如果没有三毛撰此文赋予我勇气，恐怕它会永远烂在我的肚子里。

也因了对《胆小鬼》的好感，我开始整本整本地读三毛的作品。

读三毛的《稻草人手记》，看她超越常人的、充满智慧的、对理想的阐释，对与婆婆和荷西关系的圆滑妥协和智趣应招；读她的《撒哈拉的故事》和《哭泣的骆驼》，被她载入一个深入骨髓的非洲，随她饱经异乡的折磨却燃起希望之斗志；念她的《梦里花落知多少》，同她一起落泪于荷西的墓前，随她一同陷入对荷西的缅怀，感叹这场富有传奇色彩、跌宕起伏的生死离别；体悟她的《谈心》，解读这个丢失了一半灵魂的女子如何洒智慧于人间，教导如何做人的哲理……

我也曾捧着三毛的相册发呆，年少的她无羁，而中年的她更易挖掘出韵味：她总是一袭过肩的乌发，衬黑了她的眸子。她的眼神总是欺骗不了她的读者，饱经风霜的眼眸已暗淡了年少的明媚，却因为看遍万水千山而显得宽怀包容。她明显的锁骨中间总荡着异域味浓郁、图案复杂、色泽艳丽的挂坠，身着信手拈来而非刻意搭配的布衣，总能演绎出浑然天成的风格和妩媚。她是个风度翩翩、气质非凡的女子。

着实叫人心生嫉妒。

其实，我们每个人都有成为一个小三毛的机会。然而，慵懒和惰性退化了我们博览群书、精读细阅的动力；物质需求的激增压制了精神消费的欲望；畏惧和浮躁沉重了"背囊客"探险求知的脚步；大众传媒输出的爱情观异化了真爱的价值……

我们唯有回到那个只属于我们自己的几十平方米的方匣子里才能卸下在外戴了一整天的面具；我们开始环顾并小心翼翼地挪动我们在所属群体之间的位置；我们拿统一的模具把我们的吐字用语打造得如流水线上的产品；我们成长着、蜕变着、成熟着，然后将真性情遗忘在那个遥不可及的童年里；我们习惯被爱却不轻易付出真爱；我们双手将那个叫"梦想"的宝贝呈上，献给现实做奴隶……

当然，命运注定了这样的三毛只能有一个，我们谁也做不了她的复制品，正如她的英文名"Echo"（意为"回声"），她的灵魂会如回声一般穿梭在历史的长河中久久回荡，以涤荡芸芸众生的思想。

兴许哪一天，我们中的谁顿悟了，怀揣着1%的来自三毛的果敢和淡然，踏上自己的逐梦之路。于是，她/他的生命，便会跟着增添新的注脚。

　　愿三毛的灵魂永远在这世间闪耀，好照见我们这些逐梦人至远远的
天涯。

为什么要试图叫醒一个装睡的人呢

一位妻子对她嗜赌成性、时常与牌友搓麻将至深夜才归家的丈夫说："从今天起，你晚上玩到什么时候，我就把家门敞到什么时候！"言下之意是，她也将在家中呼朋唤友饮酒作乐，当然，亦不排除招徕异性朋友。她的话字字饱满而结实，她满心以为这样要挟是对丈夫行为的有力制衡。

按照她放出的"重磅炸弹"，如果今晚丈夫还是在外娱乐，那么她就应该敞开大门宴请宾客了。然而，客厅墙壁上的挂钟时针已然介于9、10之间，孩子已经在她的悉心照料下洗漱好并沉沉睡去，只有她，坐在客厅，望着黑暗中闪着光的电视屏幕发呆。

她终究没有办法如她所说的那样放纵自己，就像丈夫放纵他自己那样。月牙色的睡袍笼罩着她，她的皮肤还是那样白皙，却已不再如刚搬进这间屋子时那般细腻了。她下意识地去抚摩岁月在她的脸上雕琢开的皱纹，梳理着自己是如何由一个青春洋溢充满朝气的小女孩长成如今这般饱经风霜的一个九岁孩童的母亲的。是爱与责任让她坚守着这个死气沉沉的家庭，然而她清楚地意识到，如果她也丧失对这个家庭的责任感，那么，家将不成家。

所以，她没有办法按照她说的，在自己家中狂欢作乐，这一点丈夫当然已料到，于是丈夫照样大摇大摆做自己想做的、爱做的，找寻属于他的自由。

看到这里，可能有朋友会质疑，这和你的标题"试图叫醒装睡的人"有什么关系呢？于我而言，叫醒一位正在睡梦中的人，并非难事。因为他处在自然的放松状态，对外界事物没有丝毫的防备和警惕，当然也无主动进攻的意识。而一位装睡的人呢，他一定想把自己排除在他人的世界之外，因此将自己隐蔽起来，睡觉这种无意识状态，正是他伪装自己最好的工具。他随时都处在清醒当中，完全可以听到任何声响，唯你的话，他听到，便能装作听而不闻；唯你的事，他可以做到视而不见。所以，如果不改变他装睡的状态，你是没有办法真正唤醒他的。

执拗的人总怀着执念，想要改变或改造他人，总存在最亲密的人之间。不管是丈夫与妻子之间、父母与子女之间、兄弟手足之间，还是朋友之间，不管是我，还是亲爱的你们，可能都有过劝说、改变、改造他人或者被劝说、被改变、被改造的经历。然而一个人试图改变另一个人的行为，在现实中往往是以失败告终的。

要知道，这世上没有谁能与另外一个人的生活阅历、轨迹完全重合，连双胞胎都不可能，就更别说父母和孩子、夫妻、朋友之间了。成长的环境不同、视野不同、接触的群体不同，都会使人的兴趣、爱好、志向发生分化。作为长辈的你，尚难以树立一种文化霸权主义来让子女信服，作为伴侣的你又怎么可能统一生汇价值的度量衡呢？

所以我以为，我们可以试着放下心中的执念，不去费尽心力和装睡的人较劲。这态度并非是一种悲观主义，这个时候我们可以尝试反观一下自己。不能成功说服他人的人，或者不能在某件事情上改变他人观点的人，是不是自身缺乏一种说服力？会不会是你本身的生活不够精彩？或者你的阅历不够丰富？还是你可能缺乏个人魅力？

不论是哪一种，你完全可以先唤醒自己，尝试着去把自己的生活打点得更充盈和丰满，正如文章开头的妻子，与其做无意义的等待，倒不如用晚间时间学习一种舞蹈，读一些文学作品，亦可以练习绘画、写作、书法，修炼自己的身与心。

要知道，牌友总会散场，牌局总会失意，倦鸟总会归林，而唯独不叫人失意的便是灵魂与心啊！

理解屏障

恰巧有几把零碎的时光供我静下来阅读，恰巧客栈书柜里收藏着王小波的《我的精神家园》，恰巧王小波和社会学也有些渊源，故读他的书，一字一句像从远方扔来的石子，在我的心湖泛起一圈一圈的涟漪。

此刻我想借他的思维表达的是，理解屏障。

在与朋友的交往中，我是极其注意理解和沟通的。甚至可以说，相互理解是成为好朋友的基础。然而，理解就像一把筛子，把好多乐意与我接触的人拒之筛外。

好多充满感性细胞的女性作家总乐此不疲地强调内心的宽容和善解，把所有陌生人构造为友好的个体。文字和思想过于单纯美好，令我不敢质疑其还原真实的程度。

然而，现实终究是现实。譬如我现在所生活的环境：周遭女孩子正值美好年龄，正是青春昂扬、意气风发的好时候。家庭的经济窘迫或是对念书的不重视，使她们早早地就辗转他乡开启了打工生涯。和她们生活半月有余，上网看娱乐节目，盯着为数不多的鱼龙混杂的朋友圈发呆，泡酒吧（几个女孩子一晚可以喝掉十件酒），偶尔被一些来路不明的纳西族男孩子约出去唱歌，这些便是她们除工作外的全部生活。她们有的面容姣好，有着非常干净舒服的模样，然而一旦张嘴，从唇齿间吐露的字眼——那些语音语调和有意无意的措辞，实在让人抱憾不已。不得不遗憾，如此美好的女孩子却不得不遭遇或者习惯这样主动相迎或被动接受的生活。除了遗憾，还有心疼。我理解她们的境遇，这种境遇构成了我们之间的理解屏障。

对于她们来说，所有关于生活的一切都是理所当然、顺其自然。初来几日，天空一直不放晴，于是我问她们："五月下旬是香格里拉的雨季吗？"得到身边女孩子冷冰冰的回应："我又不是天气预报！"后来因为好奇心试探性地道了一些我怀揣已久的其他疑惑，引来周遭一阵嗤笑，我"十万个为什么"的外号由此在她们间风靡。对于她们来说，天要下雨、太阳要从云端钻出来、饵块是这儿再习以为常不过的食物等，这有什么值得探寻的呢？当然，她们更不能理解，为什么眼前这个念完大学的女孩子连这些白痴问题都能问得出口？大学教会了她什么？

是啊，大学教会了我什么？我想，兴许是一种思维的能力。我不会局限于事物的表象，所有值得推敲的事情和细节我都会细细探寻，试图找寻其间的规律和本质，而不是和她们一样习惯性地接受所有事件的发生，生怕动用了脑神经。思维方式的不一致构成了我们之间的理解屏障。

这并不足以使我伤神。

我害怕这样一种境况，就如王小波的《椰子树与平等》所阐述的，据野史记载，在三国以前，云南是生长椰子树的，椰子油可食用，椰蓉可做饭食，椰子树叶里的纤维可以织衣，这种树可以满足人们大部分的需要，故当地人就不事农耕，过着悠闲的生活。诸葛亮南征来到此地，为了教化当地人，让当地人服从他们的生活及农耕方式，便令人把椰子树砍了个精光，当地人因为失去这些使他们丰衣足食以致骄狂的珍稀物种，只能服从命令安心务农（这样就达到了和蜀地劳作人民的平等）。人人理应生来平等，但实际上是不平等的，正如有人拥有椰子树而有人没有。没有椰子树的因为权威，就采取向下拉平之道，砍掉了别人的椰子树。

罗素说，最大的不平等就是知识的差异。就像椰子树那样，因为地形、气候等原因，有些地带就是长不出椰子树，为了达到平等，于是砍掉其他的椰子树。那么，推椰子树及人，傻子就是傻子，没法变聪明，那么，是不是为了达到平等该拉低聪明人的智商？

王小波说，一旦聪明人和傻子起了争执，我们总说傻子有理。久而久之，聪明人也会变傻——Believe it or not, it is the fact（信不信由你，这是事实）。

这个法子，还在延续。

政治公共课

上课铃响。

五十岁出头的一身儒雅的政治老师坐在了第一排，期待的目光在身后的泱泱大群里搜寻。按照上次老师布置的任务，这节课应该由在座的来自不同专业的同学分享自己关于"李约瑟问题"的研究成果。

我没有准备，悄悄把目光收敛起来，生怕接触到老师满含期待的目光。

就在整个教室鸦雀无声，坐得近的小群体互相之间你看我我看你的时候，教室中央一位女孩子有些怯懦地举起了手，似乎没有被老师看见，接着又将手缩了回去，一副自己尚未准备好的样子。周围的同学见势，抓住了救命稻草般地怂恿着、鼓动着。只见那女孩站起来，低头小碎步走向讲台，紧接着，干净整洁又不乏大气的PPT跃然黑板大屏幕上，从开口到结束，完美流畅的语音优雅地飘荡于教室上空，音滑落的时候，教室里一片热闹又积极的欢呼，像是在迎接一位拯救了世界的英雄。

在大家的造势下，非常自然地出现了第二位和第三位及后面几位吃螃蟹的人。

明显可以看出，许多同学是有备而来，从其精美的PPT，以及几乎完美的逻辑线条便可探得。

偶有坐在同一排的同学窃窃私语："你说这文章是她本人写的吗？"

"说不好，我好像在知网上看过同一视角和观点的文章。"

……

此时，一位英气十足的男孩子只身走上讲台，没有稿件，没有PPT，其思维之清晰、语言之韵调，颇有《百家讲堂》之风，谈及研究李约瑟问题的方法论，他提出要"以中国为中心"。

学生席的一个男孩子立即回应："我反对你的这个提法！历史告诉我们，我们必须充分和国外的文化与科学产生学习和对话，不断借鉴国外的经验，以他国文化观照本国……"

他语音还未落，周围和他同专业的同学发出默契的欢呼、尖叫和雷鸣般的掌声。仿佛站在台上发言的人是他，而完全忽略了此人破坏了台上正在进行演讲这样一个事实。

其实我理解演讲者表达的"以中国为中心"，它意味着以中国为立场，意味着对于中国自身的历史经验，包括近代以来尤其是改革开放的经验，必须要加以重新梳理，不能用西方的理论加以套裁，这是关于以中国为中心的主要含义，它隐含反对以西方为中心来考察中国自身的事物。

而根据辩驳者的言辞，他应该是将"以中国为中心"视为一种唯中国论的论调。不得不说，理解上一丁点的偏差做出的反应都有可能是差之千里的。

台上演讲的同学礼貌地回应，又镇静地回到他的思路，继续串起他的话语珠子。

还没有讲几句，底下又冒出一位女同学的声音，生生拽开了大家的注意力，同样也是针对演讲者的某一观点进行反驳。这次，她周围的同学又爆发出狂烈的掌声、叫好声，好像在刻意构造一场集体性的排他的狂欢。

几个轮回下来，那位演讲的同学的兴致被打得七零八落，草草收尾，下台。

那几位学生席里试图通过碎片性的观点和凌乱的话风与演讲者争锋的同学一脸昂扬，颇有得势者的傲态，仿佛赢的不是一场辩论赛，而是真理，甚至赢得了世界似的。

我没有勇气上台去分享我那还未成形的研究，不知道是惧怕最后在理论上不能自圆其说，不能给理论一个完美的交代，还是惧怕自己的观点被台下的人驳斥、被打倒。我当然也没有去做那个被自己的同学支持着去辩驳、去提出问题的争论者，因为我尚未弄清楚人家的整体思路和脉络及研究背景。于是，和众多人一样，我成了默默在底下看热闹的一份子。

"5·20"——我们与网络的爱情

是不是该庆幸我们联想能力的提高和发散思维的加强导致我们会把数字赋予生活的意义？

据说，5月20日是数以万计的网民自发组织的虚拟世界的第一个固定节日。想必由来和"3Q"（谢谢）一样，也是图信息输入的便利。网络技术的高速发展，使得电子媒介逐渐攻占了纸媒的领地，悄无声息地覆盖至千家万户。这表面上看起来是一场风平浪静的媒介使用方式的更迭，然其内里却是一场小至媒介使用的方式，大至生活方式的腥风血雨的大变革。

我们的信息传递方式变了。鸿雁传书已悄悄退出历史舞台，指尖与屏幕的接触堂而皇之取代了笔尖与纸张的摩挲。免了那油墨精心地浸染，免了那小小一张四通八达的邮票，免了传信者的舟车劳顿，我们的信息迅速送至友人信息终端接收器，我们得到的反馈也比以往快了上万倍。是的，我们的确是生活在一个充满效率的，并且马不停蹄奔向更高效率的时代！就拿新闻来说，如果说原来刊登的新闻是出了炉，而因各种技术原因搁置见凉的一碟菜，那么现在见诸媒体的新闻则是刚出炉香喷喷炙手可热的菜。新闻事件一经发生，高效的传输设备便可以把最清晰、最完整的图像与视频发至终端，按照新闻基本特性来看，电子媒介的发达无疑保证了其第二大特性——新鲜。

我们的消费方式变了。2003年5月，阿里巴巴集团的创举有着里程碑式的意义：亚太地区最大的网络零售商圈——淘宝网创立，截止到2010年12月31日，淘宝网注册会员超过3.7亿人；2011年交易额为6100.8亿元；2012年11月11日，淘宝单日交易额为191亿元。这些不是干瘪的数字，而是对我国居民网络消费程度和水平的一项证明。网络消费渠道的畅通无疑为我们铺垫了消费的高速公路，我们不用担心由轧马路带来的肌肉酸痛，不用周末被拥挤在密密麻麻的人潮里踏破铁鞋无觅处，甚至不用花时间去货比三家。这些，网络都可以为我们做好！

我们的生活方式也变了。我们和网络谈了场轰动的恋爱。网络不发达，上网技术还没普及那会儿，网络就扮演着追求者的角色，自我推销是其最明显的举动。然后呢，我们渐渐耳濡目染，深入接触网络，便一点一点由它占据了我们的生活，甚至内心。我们乘坐地铁时盯着屏幕玩游戏，等公交时掏出手机浏览新闻，吃饭唱歌前在美团团个券，闲暇时打开优酷看电视节目，颇有兴趣者还混迹于各个贴吧找盟友……

不知不觉中，我们无可救药且超乎原本想象地爱上了网络，并且愈发深陷于这段感情里，像草一样无法自拔。这个爱情故事没有结局，我们无法将之定性为喜剧，或是我们不期待的悲剧。我们希冀网络一如既往地爱我们，可是，它会吗？我无法确定！

　　我只是开始有些惶惑与焦虑。

　　和网络的恋爱中，它剥夺了我们太多的时间，我们和家人喝茶谈天的时间，我们和朋友约会谈心的时间，我们在纸质书中凝思价值的时间，我们操笔挥墨的时间，我们在运动场上挥洒汗水的时间……

　　我们好像也开始患上各种疑难杂症，对网络的相思病、不咬文嚼字只蜻蜓点水的浅阅读病、外界隔离症、网游上瘾症、购物狂病、家人疏离症……

　　是否到了该反思的时刻：我们的这些付出都是值得的吗？

没有抵达不了的远方

年年岁岁年年

往前期待总是永无止境的漫漫长路，往来时回顾却疾如电光火石的一梦。

一　新衣裳在旧时光里睡着了

经朋友提醒，我还没买新年穿的新衣呢！是呀，这天底下哪有女孩子不爱穿新衣裳的呢！还记得小时候，只有特殊的节日才会有新衣服作为礼物。那时，年轻时髦的母亲总会去汉正街或者六渡桥一带——当时最大的货物批发、零售市场，为我精心挑选可人的衣衫。买了以后还得找一处藏起来，到了规定的日子，才能正式穿上。与我要好的邻居伯伯总会在我去他们家玩耍时一不小心泄露"天机"，惹得我回家后兴奋地到处找新宝贝。

小孩子之间则有关于新衣裳说不尽的秘密。去小伙伴家串门的时候，总忍不住打听："你的新衣服是什么样式的？什么颜色？是巴布豆的还是史努比？"巴布豆是我童年最喜欢的一只卡通小狗。

大年三十晚上，我会迫不及待地把一身新衣服搭配好，平摊在沙发上，待第二天醒来第一时间穿上它。回卧室睡觉时还忍不住回望几眼呢！

要知道，儿时一件新衣服的可获得性、可选择性与当下不可同日而语！可是现在，新衣服给我带来的兴奋和满足感却消失不见了。得不到的永远在骚动，太容易得到的，其值就大打折扣了。

可能保持期待之心是收获满足感的必要前提吧。

二　被搁浅的年味

仿佛是一夜间的事，再下楼时发现每户门上都贴了春联，还有门中央显赫位置上的"福"。这片目睹了江城三十多年城市变迁的老社区，亦褪去往日的平静，那些太阳底下支起的麻将桌不见了，巷头巷尾拉家常的声音也匿去了，好似积攒了一个年头的力气，全用来做超市的搬运工作了。

这让我意识到，我们家好像还没正儿八经地购置年货，倒也习惯了，父母的工作性质导致过年期间也不得空，故邀亲朋上家中聚会这种事也搁置在光阴里落了灰。

不购置年货，不大兴厨艺亲自备置年夜饭的食材，大年夜到酒店吃不认识的不知何方厨子烹饪的色香俱全的美食，口感好，味儿却不全，少的就是那不起眼又弥足珍贵的年味儿。

前阵子"六小龄童上春晚"事件在网上闹得沸沸扬扬，大家都得意地以为自己缅怀了童年还顺道伸张了正义，却不料落入舆论发起者的陷阱，实实在在被消费了一回。电视带来的万人空巷的日子早已一去不复返了，那个方盒子再也没有凝聚一大家子或者邻里街坊的魅力。旧时王谢堂前燕，飞入寻常百姓家。如今它满心凄凉地沦为继手机、计算机后的第三种娱乐选择。那些喊着要看六小龄童站台上嗑瓜子的人儿，你们确定自己会一直锁定电视，且是CCTV吗？黯淡的是电视，也是年味儿。

也有人信誓旦旦地说，在中国，农村比城市的年味儿要浓。是这样的吗？在土地大量被征用或者土地环境已不适合进行农业活动的农村地区，那一方水土养育的"70后""80后""90后"们，成了社会上最庞大的一批流动人口。他们中的一部分（以低学历为主）以农民工的身份进入城市，成为毫不起眼的为城市化进程添砖加瓦的群体。也有一部分（还是以低学历为主）成为各行业基层的务工者。他们踏入一座城市，由最开始的被新鲜事弄得头晕目眩的人，到耳濡目染城市的快节奏、高消费，也用手机、衣饰包装自己，他们纵使拥有了城里人的消费观念，却越来越深陷这种消费陷阱里，握在手中的资本难以追赶为了面子的花销。过年了，他们又千方百计回到家中，为的是和家人团聚，然而他们的生活习惯、消费观念已经潜移默化地被植入城市的影子，传统的手艺和传统的节日娱乐项目不再有，恐怕待不了几天，又想念城市的喧嚣！

在我看来，年味儿可能会淡化，但是不会消失。因为团年饭是最重要、最本质、最核心的东西，是我们每个人都无法割舍的，是亲情这根连接家庭成员的纽带。中国社会是伦理本位的社会，家人的血缘关系是最重要且最直接的关系。除此之外，个人社会化历程的开端由家庭始，个人迈入社会后讲求的社会网络亦是由最初的家人亲属始。所以也有了费孝通的差序格局的理论。

大概只要亲情这根纽带不断，被搁浅的年味儿还是能重新扬帆起航的。

三　相濡以沫的清醒和糊涂

我总巴望自己是清醒的，清醒到一张口吐出的长句都像是被梳理过一样，顺滑自然、逻辑分明；清醒到能时刻意识到自己的处境并适时做出调整；清醒到能嗅到一株草的清香，能捕捉自然变幻的气息；清醒到能分辨善与恶；清醒到不随波逐流以保持精神和人格的独立；清醒到认知命运的不可知性和不可逆转性，不做不切实际的妄想，不陷入过度沮丧，也不盲目乐观。

清醒是一种只能用理智和意志主导的状态，是随心所欲不逾矩，也是众人皆醉唯我独醒。

清醒带来的快乐无可比拟，同样，它也带来无可比拟的痛苦。所以有的时候我们又想使自己糊涂。

清醒是一种明面上的真实，糊涂却把真实演绎得歇斯底里。

如果说清醒是深刻，会导致一种执念，会使眼里容不得沙子，那么糊涂则是蜻蜓点水，得过且过，睁一只眼闭一只眼。

郑板桥说，难得糊涂。聪明难，糊涂难，由聪明而转入糊涂更难。放一着，退一步，当下心安，非图后来福报也。

从生存向存在的途中

前些日子我几乎感知不到自己的存在了，麻木地应付一堆关于硕士毕业的琐事及兼职工作的交接。盲目而疲惫地考学，钻进被窝熄灭灯光的最后一眼还死死攥住单词书某一团紧凑的字母。这一切近乎忘我的作为似乎是出于理想的惯性驱使，而理想本身已如深秋风中的梧桐，巴掌一样的枯叶落了一地。

真是奇怪，蜗居陋室时，满脑子里奔腾的都是纵横千里的遐想。好像那一段心理上与年龄相重叠的日复一日，让活保持一种弹性，而这种弹性和节奏感又在某个时候悄悄呼唤着被打破，这近乎一种复归理想的呼唤，也是一种追寻意义的呼唤。毕竟，不破如何立呢？

当密密麻麻的饱含墨汁的字体爬满整页纸的时候，这些本零散的文字从无意义团结成有意义的符号和含义，构成了我初步的旅行攻略篇章。我想踏足遥远的山水——真正的山和真正的水，然而山和水最好不仅仅是大自然的山水，最好也是甚至更是人文的山水，我渴望眼前布满绿意的植被和灵动的水，更企盼中国历史文化的悠久魅力能于这景观中呈现并浸染我，由古人化文，至以文化今人。曾涉足茶马古道的一部分，于是这一次，我将目光投向了丝绸之路。

　　西安是我落脚的第一站，我曾有四年求学于此。别了的四年，这座城市发展得很快，地铁已开通运行，人性化的商场如打开可乐瓶盖的气泡，越发衬托着这座城市的活泼与俏皮。然而，当一次又一次目睹屹立于长安正中心，连接东西南北四条大街的已有六百余年历史的钟楼的时候，一切的热闹好像与它无关。它是长安的魂，钟身鹤飞龙翔，钟鸣声划破喧闹的都市，肃穆而威严。此时它周围的咖啡店灰溜溜地逃离你的欲望，只留下沏一盏青砖茶，同二三人共饮，得半日之闲，抵百年尘梦的念想。

去兰州必是要再体验一回羊皮筏子的了。大学毕业旅行体验了一把，从此便成了牵挂。黄河上漂荡的羊皮筏子可谓是现代都市的远古（1500余年历史）风景。筏子极其简陋，不加雕饰，正体现了祖先们对大自然的需求及创造，亦显得返璞归真。筏子的皮囊是由掏空内脏的羊牛皮加以吹气，使其膨胀而成，故也有了"吹牛皮"的典故。选择乘坐羊皮筏子就无异于将自己的生命交予筏子客手中，且放心看他挥动着黄河上这支劈波斩浪的旧船桨，哪怕是在波峰浪谷之间颠簸着，纵一苇之所如，凌万顷之茫然，也好似打从天上来，又划向天边去，就这么平淡从容地划过春秋，又送走冬夏……

本科时曾沉下来朗读《永生的和平鸽》，悲壮史诗般。当时寻觅到的配乐，是《大梦敦煌》。我对敦煌的所有概念，仅来自余秋雨的《文化苦旅》中关于莫高窟和鸣沙山的文字。我理解中的莫高窟如同《大梦敦煌》给耳朵带来的震鸣，点滴叙说着一部悲壮史，哭哭啼啼，又沉郁至海底。在莫高窟景区的每一步，总有一种沉重的历史气压笼罩着我，使我无端地感动又无端地喟叹。正如余秋雨所说，看莫高窟，不是看死了一千年的标本，而是看活了一千年的生命！在敦煌城东南25千米的鸣沙山东麓的崖壁上，历经16国、北朝、隋、唐、五代、西夏、元等历代的兴建，含洞窟735个、壁画4.5万平方米、泥质彩塑2415尊，这一切都与中华历史接通了血脉，甚至成了一部由坚石雕刻的历史。

耳际灌着的是专业讲解员的细致介绍，嘈杂的人浪匿迹在黑暗的洞窟中，我的思绪也禁不住在这狭小又深邃的时空隧道里漂荡，那些凿洞者被风干了无数遍却仍然淌着汗的脊背，那些不分昼夜地对如何勾勒描摹扮演不同角色、掌管不同权力的佛的探讨和争论，那些被驮在骆驼背上千里迢迢运来的珍稀颜料，又一点点被碾成粉末，兑水，被顺势涂抹在勾勒好的雕塑上……还有那发现神奇光芒的僧人乐尊，守候在石窟里维护着石窟又出卖了它的王道士，那些如儿戏般的掠夺和盗取，连陈寅恪都要发出哀叹："敦煌者，吾国学术之伤心史也。"如今，莫高窟的文物足以组成一座活的地球村，那些辱骂着盗宝者及出卖文物的人，兴许有的还兴致勃勃地将自己在星巴克的消费秀至朋友圈，兴许有的并没有把当时河西郡县官僚的态度及敦煌一带人民生活的水深火热纳入判断，兴许辱骂的心态只是出于一种不平衡或者一种被剥夺感。这时候占据我头脑上风的倒不完全是心痛，还有理智，或许我们应该尝试先文化自省，怀着批判的态度去看自身，然后再尝试建立文化的自觉和自信，恐怕这种民族情感会更扎实。我想，真正的文化自信，是该认可并秉持费孝通"各美其美，美人之美，美美与共，天下大同"的心态。退一万步讲，唐、宋、元、明、清千年不枯的笑容，正延伸到整个世界，并绽放着民族自信的璀璨光芒。

　　寺庙零星布于途中，恢宏壮阔能容纳僧侣4000余人的拉卜楞寺乃藏传佛教格鲁派六大寺院之一，拨动转经筒游历整座寺庙群需4个小时。也在西宁去往青海湖的路上拜访创建于明洪武十年（1377）的塔尔寺，亲眼见佛像前的酥油灯将大殿照耀得通明。用酥油花雕塑的佛像栩栩如生，还有数以千计的色彩明丽的堆绣，想来走马观花者也只有通过这些来养养眼了，毕竟在精神上我无宗教信仰，在知识上我并不知晓佛学，故只有观光了。

　　回想起途中的自然风光，最使我感到轻松自在的还是夏河桑科草原、青海湖、祁连山脉、卓尔山，以及途中不知名的大片大片的草甸，大朵大朵的云很厚实，耷拉在山尖尖。远看似好些棉花糖镶嵌在草原上，其实是一小只一小只吃着草或撒着欢的羊，你离它们太远以至于基本看不出它们在移动。车行公路上，不经意间闯来几只小绵羊和牦牛，似远道来问候，又羞答答地走开。总引得同车人大呼和尖叫，恨不得立马冲下车紧紧抱住其中一只迷人的小生物。青海湖美得不像话，湛蓝湛蓝的湖水远比天空还要清澈透亮，比天空还要广袤和旷达，惹得云朵都要成群结伴来与湖面亲热摩挲。

有些风光就不那么美好了，阴雨连绵中的戈壁滩从青海湖到大柴旦到敦煌，一路上目睹整座整座的山由满山苍翠青葱到山上只有几个突兀的小草甸，再到它们光秃秃不着一物地杵在你眼前，这才体会到西出阳关无故人的心情。如果再遇上灰蒙蒙的天，那么呈现在你眼前的一切足够尖锐地直射进你的心里，哪怕你只是来游玩，不打算常住，更不打算定居，那种苍凉和寂寥你都将彻头彻尾地体会，更何况是贬谪来此地的曾享受过朝廷辉煌、富权齐握的文人墨客了。如果你的耳边再飘荡一曲胡笳或羌笛，可能离你感知自己寄身废墟的光景就不远了。不料想，距离旅行结束不到一周，最惦念、最想守住的记忆，每每打捞起来又最荡气回肠的，却是那些戈壁滩和沙漠！在沙子上漫长地行走，沙子没有形状，好似无限温柔，脚踩进沙子里，迅速沦陷，想要拔出来再向前迈出下一步，好似又被它缠住了，这时倒有些佩服骆驼，它们一步一步坚实又有力地在沙漠中前行，把人们的梦想带去了那里，把城邦与城邦、民族与民族的感情牵成一线。当我骑在骆驼上的时候，正临日落时分，那时候，鸣沙山的山体极具线条感地将日光拦在天际。傍晚刮风了，将沙漠刮出了一层一层的涟漪，呈现在我面前的宛如一汪黄色的湖水，波浪起伏，色彩却单纯到圣洁，气韵委和到了崇高，大地无言，它所封存的文化内涵却"哗"的一声奔泻而出，人、历史、自然雄浑地交融在了一起。内心的空虚和荒凉突然被一种大自然的神圣填得严严实实的，一种真切的由虚到实，由生存到存在。

历史的多情总会加重人生的负载，历史的沧桑也易引发人生的沧桑。也许正是这个原因，我们在山水历史间跋涉的时候有了越来越多的人生回忆——共同的人生回忆。历史的轮廓如此巨大，足以照见我们人生的狭窄和局限，反观之，如果我们都认识到这种局限，并顺势而为，是否能达至一种清醒？

重庆印象

在QQ空间里新增了一个相册，名叫"重庆印象"。忽略了一些条条框框的内容，把我眼中的最美保留下来。

起初是为重庆的夜景而去，幻想着自己站在山顶，把重峦叠嶂、星星点点尽收眼底，盼望着能从满眼霓虹灯中寻出视觉的奇异美。

看到夜景，竟也挨到行程的最后一天，多方周折到达朝天门，终于盼到夜幕降临，华灯逐步亮开来，视觉的享受一点一点浸入心灵，却没有浸满，竟遗忘重庆是雾都，夜再黑、灯再亮也无法把整个城市看得透彻，看得明白。总觉得它近在眼前，又因为蒙了一层薄纱而模糊黯淡。

还是不死心地在回旅馆的途中下车，慕名去了一棵树观景台，惊喜是有一些，拍摄全景的愿望终究破灭，还是因为茫茫大雾，只好作罢，拍了数十张照片匆匆赶回。

夜景没有拍成功，但总体来说收获还是不少。地理和语言的相近使武汉人和重庆人有着天然的相似之处，当众人都对当地人吐出来的语言模棱两可时，只有我独醒。鼻子下面一张嘴，沟通又毫无障碍，坐车来回便畅通无阻了。

去瓷器口商业古街，感受历史残存的那片繁荣，体验头脑风暴者颇具创意的设计。静下浮躁的心，选择一条偏僻的小径，花木通往的方向，是一所所砖制或木制的屋子，它们被用来贮存陈年旧物、生活杂品，抑或是溢满香气的书籍——那些启人心智、助人敲开幸福之门的心灵鸡汤，老板会毫不吝啬地拆开新书的包装塑料，把它们毫无遗漏地展现在客人面前。他们从不担心书的销量，不，可能他们这些精心布置的屋子跟商业和肮脏的铜臭毫无关系，它只是一个用来分享的土壤，它只用来分享，且只能与愿意把心灵清空的人分享。这样的屋子，总会有个干净明朗的名字——普兰·深红、萍聚小屋、木之子……做一排围栏，让门保持原木色泽，开一扇让房间通透的窗，足以让过路人驻足的窗内之景：大则些许藤木座椅，各围一张铺着格子小碎花桌布的茶几；小则一张双人布艺沙发，上面立着一把木吉他，前面一张长方桌，摆满林林总总的瓷茶具。不管是温馨的小，还是阔气的大，墙上总会贴上田园风格的壁纸，再挂上一只带钟摆的古方钟，在那里，涤净的空气氤氲着时光沉淀下来的气息。我的心就在此停留。

也去了黄桷古道，一条屈曲盘旋的下坡路，路的两旁皆是百年以前的民宅，这儿的每一块砖都沁出曾经爬过的植物的气味，每一道门前都依稀现出布鞋的印记。你能发觉墙中厚实粗壮的树根，也能轻易寻见算卦的道士。他们沿袭了祖辈的谋生手段，用传世的屋作为根据地，对形形色色的陌生人展开八卦式的思维博弈。我不相信迷信，也不信奉宗教，自然也不信任那些推算出来的命运。只是对东方朔这般扑朔迷离的传奇人物有那么一点神往而已。

于吃，估计大家在这篇冗长的文字里已经寻找了好久"吃"这个字眼，在我很小的时候，母亲大人就开始担心我的饮食问题，家中饭菜一向以清淡为主，故不能吃辣。这就注定我不能把重庆的小吃体味到淋漓尽致了。每每聚餐，丢在桌前留下一堆擦过鼻涕的纸巾，真是贻笑大方了。麻辣小吃还是爱的，刚踏上重庆，就忙不迭地找超市，购置了一些装在包里，随走随吃。离开之前，也没忘给远方亲爱的母亲大人精心挑选几样小吃邮寄过去，算是我的小小心意。

短暂的重庆之旅由此告一段落。返程路上瞥见安康的油菜花已趋金黄，鉴于油菜花也是很有感染力和号召力的东西，或许，我旅行的下一站，就将在那里。

旅拍记

　　我热爱拍照，喜用镜头记录挖掘到的美和妙。我拍宏观的风景，也拍微观的物，但是很少拍人像。我总怀执念：人比物更难把握，相片是死的，但是相片透露出来的人可能被赋予某种精神气质，这种精神气质需要摄影师去把握、去拿捏、去塑造。而一个涉世不深，或者不能掌握被拍者的个性的拍摄者，可能长于造型美的外现，容易丢失一种个性化、风格化的内里。所以，不足够了解一个人，我不会去拍她；当然，我更惧怕被不了解自己的人装在镜头里。

　　我在影楼里拍过写真、艺术照，拍的时候兴致勃勃，拍完后的几日里，脑海中蒙太奇般地闪现成片的美好画面，可真正到取照片的那一刻，整个人如淋瓢泼大雨。大概是自己外形不够精致，加之化妆导致面部扭曲，原先设想的精致画面瞬间被击溃。让我几乎崩溃的是，如不仔细辨认，我一时间还认不出照片中的自己来。

基于以上种种原因，我和先生商量，不拍婚纱照，或者，找个我们熟悉的朋友给我们拍。

当然，拍婚纱照的任务临头了，这才意识到自己如被巨山压顶的蝼蚁。首先，找不到会拍照的又与我们熟悉的朋友，如果勉强能找到他的话，那么接下来，化妆、服装、造型及摄影器械筹备问题接踵而至，没有一样不需要自己操心及花费不小的代价。如此这般折腾，灵光乍现：为什么不试图去信任一个摄影机构呢？

本地的几家大型摄影机构及拍摄风格我平日里通过围观朋友圈有了一个基本的把握。其中不乏走杂志风、大片路线的，让我有些心动。又有一天，正浏览网页，页面右下方突然跳入一幅丽江古镇旅拍的画面——一对有着古铜色肌肤的爱人，坐在古镇四方街的一驾马车上，女孩没有浓妆，一袭白裙，笑容绽放在一抹斜阳里。如果说大片路线使我陶醉迷恋，那么这幅古镇旅拍的画面就如同一种无可名状的时空，从我无法定义的心灵迸裂开来。我确信，我想把未来堪称记忆的东西定格在那里。

于是我定下心思，开始为拍婚纱照做准备。

首先，选择一家摄影机构。初选的工程量有些大：我负责一一查找几大消费应用平台上拍摄婚纱照的摄影机构，根据套系的价位、综合评分、消费者的评价及晒图来做一个初步筛选。接着，在新浪微博上根据自己喜欢的风格筛选摄影机构。经过一周的筛选，剩下五个摄影机构。我重点关注了这五家摄影机构的官方网站，进行深入了解，也和每家的客服进行咨询、沟通。保留了服务态度最热情的客服，剔除了对我爱理不理的几位（客服的素质是整个摄影机构素质的一面镜子，相当程度上决定了你能多大程度上还原自己的意愿，这是后话）。又根据客服介绍的套系和具体内容，我们最终敲定了一家。

第一天到丽江，有摄影机构的司机师傅来机场接，直接去选服装。一路上，不顾旅途的疲惫，我们小心翼翼地向司机师傅打听了摄影机构的一些运营状况、拍照流程、注意事项，以再一次更新心理预设。礼服馆的所有服装可任选，由于礼服数量太多，为了提高效率，礼服师会事先根据你的喜好挑出几件让你试，当然，你也可以自己选择服装来试。缺乏经验的是，我在总共试了不到十件礼服的情况下，草率地做了决定，不过最后效果倒也没有很糟糕。根据女生选择的礼服的样式、颜色和适合的场景，礼服师开始搭配男生的礼服。我的先生同样是不会挑剔的，亦在非常短的时间内选好了他中意的礼服。

得知我来束河，我曾经做义工的餐吧的老板娘燕子姐热心为我接风洗尘，烹了好菜，斟了梅子酒，还带我们参观了她新开的客栈的天台（绝佳的观景台），并允诺我第二天可以去取景。

当天晚上，由接待我们的客服萱萱及丽江店的经理、摄影师、化妆师、助理还有我与先生，组建了一个微信讨论小组，用来沟通注意事项及最重要的——将我们的期待和化妆师、摄影师的风格进行对接。在做前期准备工作的时候，我仔细浏览了官网上发布的客片（是真实的客片而不是请模特拍的样片），并搜集了部分我喜欢的风格的照片，这个时候这些就派上了用场：我一边向化妆和摄影师交代我们的职业、兴趣及个性，一边挑出一些客片来做材料支撑和案例。他（她）们多走近我们一分，可能最终的效果就会更接近我们的意愿。

第二天正式开拍。一早我们就要从客栈步行去摄影店里化妆了。前一晚我一直没能入睡，反复寻思自己选择的服装在场景里到底能不能出效果，又不免有些担心会因为下雨而影响正常的拍摄进程，或者如果照片不满意需要重拍该如何是好等。我一早向先生打趣地提到自己整夜未眠时，迎来了他的苦笑——他也整夜没睡，拍照的紧张加剧了高原气候给他带来的不适。我想多年以后我们应该都不会忘记这滑稽的一晚。

一切都比想象中要顺利。为我化妆的姑娘希善，娇小的个子，为我施起粉黛来仔细又审慎。依据摄影师David的形容，便可推测出他可能积攒了不下五年的"风餐露宿"的外拍经历，黝黑的面部有了几道褶子，一口东北话为他平添了许多风趣。拍照期间土地或干或湿，或平地或山坡，该蹲、卧、趴下则绝不含糊。

最重要的是，David非常注重我们的想法。我想要在拉市海的一座小岛拍两人站在大树下的宏大场景，他则反复调试镜头，转换角度以保留最佳效果；我想要在草原以雪山为背景和骏马合影，他则不断地给我想动作、抠造型；我们特意带了我的个人著作《在香格里拉雕刻时光》，希望它能出现在某个场景中，于是David带我们满古镇找书吧，终于在一家书吧里实现了我们合影的心愿；我们想坐马车，亦是他帮我们一起说服赶车人借用"道具"；哪怕摄影师自己不看好的场景，比如我突发奇想，想要借用古镇一隅的果蔬摊位，端起老板娘架势，David无奈笑笑，照样用镜头记录下玩笑的瞬间。几近深夜了，我还有最后一个心愿没有实现——和当地居民一起围着火炉跳锅庄，David二话不说把我们领去。只可惜当天天气欲雨又阴，活动取消了，只能作罢。但对于摄影师，我们充满了感激。

这是对于我们来说最迅疾不可捉摸的一日，于日出时分开启我们拍照的历程，直至深夜才结束。我们的足迹几乎遍布整个束河古镇。十月已严寒初露的丽江，我穿着极单薄的裙子在古镇上游走，间或有行人驻足，把我们彼时彼刻的形容纳进他们的风景里。也会有打趣的外国人对我先生说："你媳妇可真好看。"大概是多数人都赋予婚姻以极其庄严和神圣的意义，故披上嫁衣的那一刻通常被认为是一辈子最闪亮最受瞩目的时候。我倒有些不以为然，我希望自己收获的不是最华丽的那一刻的重视，而是日常细碎里平淡如水的温情。

　　饥寒交迫的夜里，在巷陌一家昏黄灯光的小店，就着三斤东北水饺，咀嚼着当天的历程，我和我先生终于舒了口气。

旅行的意义

　　刚念大学的时候，有一阵子迷恋陈绮贞的歌。哲学系毕业的她写的歌词总不那么直白，看似简简单单描述一些细节，仔细玩味起来又有一番深意。最开始听的是她的《旅行的意义》：

　　　　你看过了许多美景

　　　　你看过了许多美女

　　　　你迷失在地图上每一道短暂的光阴

　　　　你品尝了夜的巴黎

　　　　你踏过下雪的北京

　　　　你熟记书本里每一句你爱的真理

　　　　……

　　　　你累积了许多飞行

　　　　你用心挑选纪念品

你收集了地图上每一次的风和日丽

你拥抱热情的岛屿

你埋葬记忆的土耳其

你留恋电影里美丽的不真实的场景

我们每个人都有过旅行的经历，我们储存了海量的风景照，积攒了往返的车票，收藏了厚厚的一沓明信片，任景点门票堆得老高。但是，归根结底，我们为什么喜欢旅行？什么动力驱使我们去旅行？旅行终究对于我们有怎样的意义？我们很少去琢磨。就如同歌词里写的：

却说不出你爱我的原因

却说不出你欣赏我哪一种表情

你却说不出在什么场合我曾让你分心

......

勉强说出你为我寄出的每一封信

都是你离开的原因

你离开我

就是旅行的意义

我想，在这首歌的情境当中，男主角旅行的意义应该是为了逃避困顿的现实，逃遁平淡如水又无疾而终的爱情。

前阵子，我通过房屋中介认识了一所房子的主人，那所房子位于顶楼，天台上开辟了一间用玻璃搭建的花房，客厅里没有电视机，沙发面对的整面墙被铺上了屏幕布，沙发后的巨大根雕托着一台投影仪，靠墙壁的一面则是一座扇形木架，一些古董花瓶和器物错落有致地被摆在那里。主人告诉我说，他急着出售这套房，因为他要拿这套房子的钱去世界旅行。我不禁有些错愕，大部分人都在千军万马过独木桥似的争抢房源，这个家伙，居然反其道而行之！旅行对于他来说，究竟有多么大的魅力？

如果旅行真的有所谓的意义，我想其对于人类来说，最原本的意义应该是探索与求知，去探寻村庄之外的村庄、山野之外的原野，去探索所属国度以外的国度、本土文化以外的文化、民族信仰以外的信仰。郑和下西洋、哥伦布探寻新大陆，皆此类。

当然，我们现在不需要用脚步丈量土地，现代化的媒介让地球村延伸进我们的视野，最新的地图工具甚至可以将场景以3D的形式呈现并还原在我们眼前，如同身临其境。然而我们仍然需要，并且不断寻求出发，其目的和意义，恐怕已经超出求知本身了。

我算不得积攒了许多旅行的经验，但也忍不住探寻旅行的意义。我以为，旅行的意义可归纳为以下几点。

享受真实的美景和与正在经历的场域不同的体验。这或许是最出于本能的一种动机，仅仅是为了满足感官上的体验和享受。

寻找暂时的自由，获得释放，在某种程度或者某个层面上说，可能也是一种逃避。工作或生活压力过大，没来得及喘口气，所以要找一个远离尘嚣的地方清静清静，给自己的身心放个假。

为自己贴上某种标签，或者把旅行这种消费作为一种能彰显自己生活质量和品位的符号。我们的朋友圈里，总有一些朋友，他们的朋友圈的内容，不是购得的奢侈品，就是出自某高档餐厅的让人垂涎三尺的菜

品，要么就是时不时机场定位下的手持机票的照片，直让人感叹他们的物质生活水平的丰盛。对，不得不说，社会网络中位置的维护或提升，这也是旅行的意义。

以上种种，我以为，旅行的终极意义是为了回归。

探寻日常生活以外的景致，可能是出于对目前生活现状的麻木或厌倦，也可能是为了拓宽眼界，丰富个人的体验和感知，扩展认知的广度。不管是哪种状况，不管你是蜻蜓点水般抵达某景点然后返回，还是在漫无目的的旅途上漂泊，最终都要回到当初出发的地方。

回归的时候，我们悄悄发现自己可能和从前不一样了，接触到的异域文化，被碰撞的信仰，旅途中与伴侣相处的模式，共同经历的险、怪、奇、纠结、麻烦、趣味、快乐，这些都会植入你的精神和内心，然后蔓延至你的价值观甚至人生观，以至于重新支配着你的行为模式。

你甚至会发现，你自觉不自觉地在心理上过着多种年龄相重叠的生活，并习惯自如地根据情景切换模式。这种回归，赋予你的，是生命的弹性，这样，在狂风骤雨突袭的时候，你才不会那么容易被摧折。这，才是旅行应该承担的意义。

流浪的种子要发芽

"我得走了！"他背对着我躬下身子去打理地上的那些行囊。防潮垫、毛毯、单反相机、胶片机、充电器、围脖、夹袄、牛仔裤、毛巾、牙刷被他一样一样拿出来，整理好，又一件一件按照顺序塞入躺在地上恭候主人命令的登山包中。我这才意识到，这个男孩子住进我家已经四天了。

两年前的盛夏，倘若我没记错，在那个有着温暖灯光的舞台上，他身着嬉皮士白T恤、干净的牛仔布裤子，戴着纯黑的棒球帽，站在话筒架前，唱Westlife（西城男孩）的一首名为 *The World of Our Own* 的歌，是整场晚会的压轴节目。起初他只是很投入地发声，后来愈发投入地跟着节奏起舞。他的音质比Westlife多了一分磁性，尽情摇滚中也透着深情，这演绎似乎营造了一种全民狂欢的氛围。台下的观众纷纷站起来跟着响应，也夹杂着一些女孩子的呼喊："有没有女朋友啊？"

能让听他唱歌的女孩子问出"你有没有女朋友啊"，魅力自不必说了。

我和他在同一座城市念大学，机缘巧合同去参加一个大学生夏令营，于是相识。起初只是淡淡的交情，见面相互问声好而已。后来意外发现彼此的诸多交集，就成了"畅饮千杯少"的知己。这个表面白净，外形阳光的男孩子是地地道道的大连人。他的大多数朋友都称呼他"全儿"，我起初也跟着这么叫，只是南方人发不好儿化音，渐渐地，后面的卷舌就被我省略了，我叫他"全"。

就在一年前的深秋，我还去过他的校园。那段时间，他泡在图书馆准备美国研究生入学考试。我在图书馆外的一棵大松柏下等他，他穿灰色细条纹衬衫骑着单车过来，然后我们几个朋友一起坐在图书馆里谈天说地，不知不觉下午过去了。

毕业后，我蛰居家中，为第二次研究生考试做准备。桂花飘进窗的九月的一天，他发短消息给我说他要开始他的搭车旅行了。

"什么？搭车旅行？去哪儿？"消息来得毫无预兆。

"我想在出国以前探望一下我各地的朋友，届时我会从大连出发，接着回母校，再北上，然后进藏，徒步加搭车经川藏线抵达四川，去陕西凤县看我支教的朋友，也会去武汉探访你，再南下到福建，接着去山东烟台，最后坐船回家。"看这句话好像在看书中人的故事，这么漫长而艰苦的旅程，我不敢相信这是他的决定。直到后来他公布在网络上的背囊图，我才肯承认这既定的事实。

这就是他选择的"Gap Year"（间隔年），我的讶异大于敬畏——这样一个养尊处优的男孩子为什么会选择自找折磨的方式来完成间隔年？娇生惯养的他能实现他的理想吗？

　　出人意料，他居然遵守他的承诺并顺利完成了他的搭车旅行。来武汉的时候，我原本要去火车站迎他，他十分熟练地弄清了这座城市的脉络，然后出现在我家楼下。本要把我的房间腾出来给他住，他指着客厅的沙发执意地说："能有沙发睡我很满足！"我们坐下来一起吃饭，他是唯一一个把米饭吃得颗粒不剩的人。很难想象，在西藏旅行的整整一个月里，他每一天都是以怎样的节奏和方式进行的。

　　我忍不住再一次打量眼前的这个男孩子，修长的身材，暗卡其色衬衣显得有点宽松，普鲁士蓝牛仔裤皱巴巴的，裤腿上没洗净的泥巴印隐隐约约。挽起袖子裸露出来的部分和其他在常态下展露的皮肤好像构成了一副拼贴画，是巧克力色与杏仁白的拼凑。当然，大部分我目光所及是巧克力色的。若不是生得一副纯粹的东方人的五官，只要他对我说一句"sa wad deekab"（泰语，"你好"的意思），我想我会做出他是个土生土长的泰国人的判断。我为我的想象力感到吃惊。

　　但是，尽管他费尽心力把一路上的故事以说书的方式灌入我的耳朵，我依然无法勾兑他的这一段"Gap Year"（间隔年）生活。此时我的敬畏已然大于讶异了。

闲下来的时候，他一边掏单反相机一边根据相机上呈现的画面内容给我做着解说。我看到他在寂寞笔直的公路延伸线上的跳跃，我看到好心搭载他的掌着方向盘凝视前方的黝黑的藏族司机，我看到碧蓝的湖边摆得工工整整的玛尼堆，我看到白色建筑顶上随风飘扬的彩色经幡，我看到传说中气派恢宏的布达拉宫，我看到毡房里眼神明亮皮肤暗淡的孩子……

上千张照片蒙太奇似地架构了他背包旅行的图景。那些在气味混杂拥挤不堪的绿皮车厢里的睡眠；搭帐篷客居公安局门口的夜晚；那些久行不遇车的绝望；那些接近无路可走硬生生"另辟蹊径"的无奈探寻；那次装扮成信佛藏族人混进寺庙的侥幸；那些饥肠辘辘却无食填充的傍晚；那些被好心藏族人收留且款待的感动；那些相遇又分开再相遇复又分开的友情；那些行到水穷处，坐看云起时的达观……

这些都构成了他的皮肤由杏仁白变为巧克力色的最佳注脚。我开始理解他搭车旅行的决定，并且开始崇拜和敬仰眼前的这个男孩儿——崇拜他敢想敢为的精神，敬仰他为自己的决定付出汗水的决心。

我深知没办法挽留他继续在我家住下去，他的意志不会因为短暂的安逸而转移，而且他还有未完的行程。道别的时候，他递了一个沉甸甸的大透明塑料杯子给我，我定睛一看，是一杯沙子啊！

"这是我在纳木错湖边挖的泥土，我一路上都背着它。现在，我想把它送给你留作纪念。"黑色边框眼镜里，是他闪烁着的眼睛。

后来全很顺利地完成了他接下来的旅行，我们再也没有见面。有的时候，打开社交软件会看到远渡重洋的他的样子，巧克力肤色被渐渐漂白了，依旧阳光帅气。

至于他送我的这杯来自神圣的纳木错湖的泥土，被安置于我的书桌之上。阳光璀璨的时候，我会揭开盖子，把它搬至阳台，让它也享受享受这江城的日光。

这杯安静的不会发声的泥土，好像被赋予了某种魔力，它总是在我彷徨无措的时候赋予我迎难而上的力量。其余的时候，它好像在我心里埋下了一颗流浪的种子，全相册里缤纷世界的图景偶尔会浮现在我的脑海里，随着种子的发芽，所有的这些都召唤着我发动身心去体验一次类似这样的旅行。

在完成研究生考试以后，终于，这颗流浪的种子正式发芽了。

"我申请到了去香格里拉做义工的机会！"

我的短信穿越太平洋，抵达全的接收终端。

"很好啊，很好啊。"他第一时间回复。

是的，多么好啊，终于轮到我开启我的"Gap Year"（间隔年）了！

终于，我要出发了。

不是告白的告白

——写给我的学生

　　站在狭长的讲台上，倚着冰冷的多媒体设备，投影仪将我的PPT首页映射在偌大的方形幕布上。没有一丝风，空气如我，连同座位上的你们一同凝固起来。我目光呆滞，面对神采奕奕思绪未经开启便飞扬的你们，昨日备好的内容瞬时不见踪迹，我拼命地搜索记忆，拼命地想张开嘴唇，大脑却一片空白，无语凝噎。我眼睁睁地望向你们，你们的眼神泛着怀疑，接着流露出烦躁、气愤，终于有人打破这片沉寂：坐在第一排的畅亮、奥利、清伟、天会、继超玩笑般地冲我喊："老师，你下台吧！别讲了！浪费我们时间！"后排的同学爆发出一阵哄笑……

　　这样的场景已不是首次在我的梦里出现了。于梦中清醒过来的时候，天边才微微露出鱼肚白，街边的施工队还未发出声响，闹铃和室友也都在酣睡中，只有枝头的鸟儿哼着春天的小调，新的一天就这样被拉开帷幕。这样的梦，足够唤醒我时而打盹的责任感，激励我连续好几天勤勉工作。

细数来，从进入辅导员状态，到真正认知这个角色，已八月有余了。我们从相识到相知，也从干燥热烈的秋走进比秋还热烈的夏。我们相互陪伴着从军训场到办公室，从办公室内延伸到办公室外，我们相互陪伴着从线上聊天软件到线下，我们相处不到一年光景，情谊却远远溢出时间概念。

还记得第一次和你们所有人在大教室点名的场景，每个孩子都显得稚嫩而乖巧，带着作为新生对这个新鲜环境的小心翼翼。我用心把眼光投射在你们每个人身上，观察着你们肤色、你们的眸子、你们的衣着打扮，分辨着你们的口音，猜测着你们来时的路。我的生活中突然多了数百号生动的可观察、可认识的对象，那是我觉得最有趣的事了。

其实早在你们撒了欢地沉浸在高考后被录取的狂欢的假期时，我已经坐在电脑前端详你们发给我的你们的个人资料了。我当然也花了大把时间思忖我该以什么样的模式和你们相处，以及我该如何扮演好一位合格的辅导员之类。当然，空想和纸上谈兵不足以为我构建一种系统的行为模式和框架。但是我通过几个日夜的车轮战式的思考，明确了需要为自己做的事情：构建权威。构建权威，首先，就应该转换我日常活泼的话语形式：少语气词，多用正规的标点符号，话语简短，价值中立。

你们现在看来可能会觉得这实在是个笑话，确实，我在暑假憋了一个月以这样的方式和你们沟通以后，就如被用力拉扯过后的橡皮筋，反弹回去了。反应慢、行动力差、办事不利索，树立权威失败，于是我被贴上"萌萌哒"的标签。

虽然这标签并非理想的产物，却如同光环般笼罩着我。因为"萌萌哒"，我承蒙了你们的厚爱：我着实体会到了你们对我的喜欢；我的照片及故事被你们热情地分享给父母及远方好友；我的每一条说说、每一张照片、每一篇日志都被你们热切关注并点赞；我的空间访问量因为你们的支持而破十万；我的旅行游记被你们用心宣传，被你们借来读，甚至还有人写了读书笔记；我有幸获得你们的信任，好多人愿意把自己的心情和私密的故事分享给我听；我也有幸得到了你们的"关爱"，我永远忘不了她千叮咛万嘱咐让我按时吃饭，我也永远忘不了他在那个午后递来的一小盒蛋糕卷……

我们从认识的那一刻开始就在创造故事：

我细心穿梭在你们的队伍中间，为在树丛边站军姿的你们——喷洒花露水；我引你们去医务室，为你们的晒伤、身体不适而心疼难受；你们看露天电影的时候，我默默找来报纸和透明胶，举着电筒为你们粘贴残缺不堪的窗户以避免血腥的人蚊大战；我勤勉地留下你们扛枪的英姿；在雨中按住澡堂外被大风刮起的布帘；走进那个容纳百号人的汗臭和脚臭味混杂的潮湿闷热的大屋子挨个清点人数……我也淘气地因为想要抓拍迟到的那几个男孩子跑步的姿势而勒令他们退回去重跑，直到现在我还时常翻看当初留下的那些照片，每个人散发的青春朝气依旧可捕捉，照片里的男孩子王奕呀、钟沁峰呀、黄硕擎呀、崔腾之呀，后来也不断以自己的优秀和出色刷新在我心中的记忆。你们专门为我唱的《世上只有辅导员好》和《董小姐》，我还记得欧阳青林笑得眯成缝的眼睛，和孙涵空中弹吉他的幽默和帅气。虽然歌声粗糙质朴，却是我至今回忆起还会心潮澎湃、感动至泪奔的瞬间，是为数不多的足以让我骄傲和自豪的谈资。

《董小姐》歌词里点睛的一句："爱上一匹野马，可是我的家里没有草原，你让我感到绝望，董小姐。"来自西北却外表柔弱的女孩子悦蓉说过一句让我珍藏的话："董小姐，我们就是你的小草原。"我属马。

是的，你们无私地为我提供了奔跑、撒欢的一片绿，更让我见识了你们的青翠与广袤。

你们循规蹈矩地来听我每一场晚点名，哪怕我编织的内容不能勾起你们的兴趣，你们也体谅我闹情绪般的不耐烦而时不时抬头，给予我鼓励的、支持的眼神。也有孩子还能搁置手头的作业，望着我的PPT做思考状；也有能与我产生共鸣的，我看到袁萌悦眼神里泛着光；雅文甚至有一次走到我面前提议要把每一次晚点名录下来。不管怎么样，你们已经尽最大努力来支持我，支持在探索中不太成熟的我，我好感激！

你们似乎也意识到我办事并不利索，不太有效率，我鲜有听闻你们的抱怨和嘲讽，而是开始自己寻找更多解决问题的途径，于是这个时候你们的能力就在逆境中锻炼出来了，逐渐成为我的左膀右臂。

在和你们接触之前，我并不能理解"文化反哺"的内涵与意义。我曾天真地以为我在诸多方面都能以一个过来人的优势引领你们前行，给予你们光明。后来我发现自己错了，哪里是我在引领你们前进，明明是我们在互相支持与鼓励下前进！

当我看到大批量的你们踏着图书馆的闭馆音乐走在校园路上；当我目睹你们密密麻麻的作业本和习题；当我见识到你们在球场上的飒爽英姿，不到最后一刻不放弃的执着和坚毅；当我被你们自导自演的话剧逗得前仰后合；当我参与你们一场场别出心裁的寝室文化秀；当我见证你们从制作课件零基础到一步步走向精湛和大气；当我看到一部分孩子课余也捧着历史、政治、文学作品细细读，细细品；当我挖掘到你们每个人心中埋藏着的梦想及为梦想奋斗的决心和毅力，我的心灵经历着一次又一次的震撼和洗礼！

伴随着你们的成长，我时常忆起正值你们这个年纪时的自己，你们就像一面永恒的镜子，让我窥到自己的缺陷与遗憾，也化作一股引领我前进、推我走上坡路的动力。

陪伴是最长情的告白，我不愿矫情地向你们告白，但我知道，我们的人生里，总归有那么一段路要一起走，我们人生的轨道，总有那么一段会交叠在一起。你们的成长，也是我的成长，我的成长亦是你们的成长。我会看着你们从淘气、顽皮、稚嫩、无拘无束到沉稳、成熟，看你们人生的云舒云卷和阴晴变幻。我也更应该不断塑造自己，仁慈而善良，勇敢而笃定。

正如物基班的一位小女孩夹在我书中的明信片上所写："不知道我们各自会经历怎样的未来，也许有一天我们甚至会忘记彼此，但无论如何，请你保持你的快乐，因为你是光啊！"

我是你们的光，正如你们一样。共勉之。

爱流汐涨

"明天晚上我想要去那边住。"我小心翼翼装作若无其事地对围在大会议桌旁的学生们说。手表秒针往前走了一步、两步、三步……四座一片沉寂，大家眼神空洞，显然不明白我刚才在说什么。"我就要走了，呃……对，是这样，我要提前回去啦，我还有其他任务在身！"我补充道。我把语速放快、音调上扬，好让这几个字轻盈地掠过他们的耳际。

在组织这段开场白的时候，我理性地思考了两件事情：一、学生们一开始就知道暑假社会实践我只和他们相处一周；二、这一周里除了调研，我没有起到实际作用，缺了我，这个团队依旧团结和谐积极向上。然而不知为何，要离开了，我的心和这儿的空气一样湿湿的。好像要让我割舍我的宝贝，这宝贝兴许是我在这里的体验与回忆，兴许是这十二位纯真、青春的少年。

我再望向他们的眸子，清澈的深潭泛着明亮的光泽，似乎有什么东西呼之欲出。我一直压抑着的预想和判断还是成了现实：士娜的泪珠不可控地挂在了脸上："明天晚上留在这里陪我们吧，后天再走可以吗？"静谧的会议室突然沸腾起来："是啊！后天一早再走！""时间怎么过得这么快！难道老师您已经来这里一礼拜了？"……我想开口解释，总该要分别、回学校亦可再聚等，然而一时语塞，憋足了劲儿冲他们笑，笑得有些费力，伴随着声音，溢出的却是滚烫的眼泪。

我也忍不住埋怨：为什么时间过得这样快？时间为什么会过得这样快？

第一天来这里的时候，除了我自己带了一年的2014级的两位学生，其余队里的10位2013级学生我都是不了解的，甚至有的从未打过照面。想到要和他们同吃同住一周，我内心不禁有些发怵，他们这些年轻的孩子能否适应这儿的艰苦环境并顺利开展工作？我们能否零隔阂、零代沟愉快相处？

当然，此时此刻的我，已经可以肯定并骄傲地说我认识了他们每一个人，了解了她们的兴趣，摸清了各自的脾性。他们是明晃晃的乡间的火焰，燃烧和释放着自己的激情与活力；他们是村里留守儿童的眼，洞见这缤纷多彩的花花世界；他们是彼此的，也是我的纯洁的天使，拂去我心头积淀的尘埃。

还记得初到这儿，我们的住所、厨房、饭厅一副百废待兴的样子：

煤气灶、锅碗瓢盆、桌子、柜子、抽油烟机、窗户、洗碗槽、冰箱……目光所及的一切都被厚厚的油烟、灰尘覆盖了，昆虫类倒是愿意在这里栖居、玩耍，这里是它们的领地。我还在犯愁这个环境会不会遭学生抱怨和排斥，哪知他们自发地把屋子里除了墙壁以外所有的器具都搬了出来，一样一样仔仔细细里里外外地擦洗，蜈蚣、蟑螂、鼻涕虫各类昆虫逃荒似地奔散，这使学生们"奋勇杀敌"的气焰更浓烈了，就这样，烈日下，学生们花了一下午时间使一切焕然一新。这不得不令我侧目！

看着学生们不怕生地组队进村落里挨家挨户宣传招生，又亲眼看见他们招来的小孩子由爷爷奶奶领着步入我们的教室，再聆听他们站在讲台上淡定自若地讲各门知识，引他们的学生进入新的领域，心中汩汩升腾的是欣慰、兴奋，更是自豪与幸福！

这才发现，我眼里离成熟还有一段距离的学生，原来已能独立驾驭自己的舞台！我好像化为一位看戏人，无时无刻不被他们的精彩演出所折服！

实践队队长士娜，兼具女孩子的细腻、善解人意与男孩子的大局观，明明可以远程操控值日生做饭，偏不放心事无巨细地亲力亲为，队里在她的操心下方得以事事有条不紊地运行，女孩子外在是坚强的，内心却柔软无比，稍被触碰便容易受伤。短短几天下来，我目睹她默默掉了三次泪。文勇虽不担负队长之责，却也处处尽心尽力，一副老大哥的样子，又似万金油，什么问题都能解决一二。湖南妹子丽君，精致小巧，活泼爽快，与普通话相差万里且毫不收敛的"福南"口音为我们的生活添了不少笑料；形似海绵宝宝的沛泽，有着哆啦A梦的百宝袋，他总能从书包里源源不断地往外掏宝贝；两位2014级的孩子：细声细气、低调却有想法、有主见地担负着教学和写稿子重担。思雨，总惹人怜爱，我专门去听她的音乐课——教孩子们唱《我们的田野》，她一句一句示范，声音温柔细腻，童年音乐课场景在我脑海重现；孙涵是名副其实的暖男，他的笑总富于感染力，每窥见其笑容，什么烦恼立即抛掷九霄云外。两位来自校国旗护卫队的孩子——秦煜德、王超，秦来自山西，呆呆的不善说笑，高而不冷，爱倾听；超超爱研究昆虫、植物及一切大自然的物，还会记得所有人的喜好，会买好丽友派给我吃。总像一位大姐姐般让人依靠和信服的、性格和善的刘琴，抢着做饭却不慎切到手指，晕血的她脸惨白惨白的还坚强地继续下厨。和刘琴一样安静乖巧的珊珊，总默默地在大家休息的时候去厨房收拾。全能王纪小蕾，会日语，还会教孩子们跳舞、学跆拳道，也是队里最能睡的小姐，皮肤白嫩得可以掐出水来。和我同铺的方玲，我不知夜里做梦将手重重地搭在她身上多少次，可她总笑眯眯地说完全没有印象，而存储在我记忆里的是，她常常在夜里有意无意地将毛毯往我身上盖……

而我呢，上面的学生们做了许多该我做的事情，我也就因此得以安生。在大家焦虑的时候打打气，说说笑；在大家欢乐的时候增添更多乐趣。我总是坦诚直率且谦和的，得闲的时候向他们诉诉我的情感、我的成长，或是讲讲笑话、哼些他们不曾听过的曲子；有的时候也会蹭蹭学生的课，或者去观摩他们绘制文化墙，端着相机去拍大片的荷花池，并截取老人们在树下池边浣洗衣物的画面，也有的时候去厨房瞧一瞧，帮忙切些蔬菜或者打打下手。

　　更多的时候，我带上两三个学生，走进乡间、深入乡间，挨家挨户敲门，礼貌表明来意，对留守儿童进行问卷调查及深度访谈。为了寻找更多样本，我们跋涉到吴家门村，来回六趟，步行几十里路，走倦了就互相逗笑提神。困倦的位子被认知上的好奇与责任占据，可能只是注视着一座久经风霜的砖房，疲惫就瞬间被掸去。

　　复忆起今晨再次踏上那条熟悉又陌生的通往邻村的乡间小路，瞥见路边芝麻秆的时候，猛然发现它在原先叶和花的基础上，居然结出了果实！这才多少天呢？终究是我一开始就忽略了其果实，还是其果实就在这几日光景里悄然结出？往昔不可追，再去探寻个究竟已无意义。然而这光阴流转里，似乎一切都在我们眼皮底下悄悄上演，一切又仿佛都可以在我们闭眼的瞬间仓皇逃走。

　　我又生一丝欣喜，因为我的这些孩子们，和现在的我一样，已经学会爱人，学会播下爱的种子，也学会了奋斗，并正在拼命演绎青春的舞台剧，也在拼命地为自己的人生刻下绚烂的痕迹。

任他风云变幻，只我青春无悔。

独克宗客栈义工初体验

　　起飞，降落，再起飞，又降落。

　　飞机渐渐减速，然后停在一片黑咕隆咚的沉寂里。停稳的那一刻，沉睡在机舱中的乘客苏醒过来，说话声此起彼伏，站起身来拿行李的人也此起彼伏。人们好像被工作人员下了抓捕通缉令似的争先恐后地往机门涌。

　　就在大家拼命你追我赶地下飞机的时候，我取下背包，把准备好的放在最外层的枯叶黄大棉服和橘色毛线围巾拿出来裹在身上，有穿雪纺连衣裙和刚遮到屁股的超短裤的女孩子经过，目光无意接触的时候，我分明看出了她们眸子里的惴惴不安。

　　客栈老板请了司机来接我——一个矮矮胖胖脸颊有肉的藏族男子，让我喊他培初师傅。一路上，他的车载电视里播放着当地歌手的ＭＶ，咿咿呀呀的，是我听不懂的藏语，连画面上的字幕都是结构复杂的藏文。我索性把头转向车窗，一路上所见都是荒郊，好不容易经过了一处相对繁华的灯火通明的街道，车子也跟着停了下来，到了。

　　我来不及环顾四周，培初师傅提着我的行李包步伐快速地向前移动，人生地不熟的我紧紧地跟着。我们走进一个小院落，一栋三层高的大屋子伫立在我眼前，一楼大厅里现着隐隐约约的光。培初师傅推开门引我进去，一切呈咖啡厅布局，正对面是一个小吧台，所有靠窗的地方都是可供两三人坐的大沙发和茶几。离我最远的靠窗边的茶几设置与其他的有些不同，上面搁满了茶具。四个男士坐在那儿谈天，其中一个看见我和培初师傅就径直向我们走来。

　　"您就是这家客栈的总经理吧？您好，我是申请来这边做义工的……"实话说，来这儿之前，负责联系我的是一位叫燕子姐的女子，我还不知客栈总经理的庐山真面目呢！

　　"不早了，我带你去客房部拿床上用品，然后你早点休息吧！"回应的声音铿锵有力，内容简单却带着强烈的指令性。哇，这就是我未来一个月的老板！好有魄力！

在偌大的大厅穿梭，拿完新的床单被套之后我已经有些晕头转向了。经理领我去房间，打开一扇门，径直朝上走，我仰头：天啊！这楼梯又窄又陡，该有70°了吧？还没喘过气来，就听见经理的声音："喏，这就是你的房间啦！你一个人住，里面设施还算齐全，你收拾一下就可以睡觉了！"一股吴侬软语灌入耳朵，哈，经理是南方人吧？是江苏的？上海的？还没等我开口问呢，身边的空气凝固起来，好像少了一个呼吸的声音，经理已经下了楼梯，掩上了大门。这位经理究竟是个怎样的人？

我的房间就在楼梯口，刚才上楼，听见踩在楼梯上咯吱咯吱的声音，我想会不会这座楼是木质结构的。打开我房间的门，顿时眼前的这一切证实了我的猜想。我目光所及的一切家具都是木制的：地板是实木的，踩上去咯吱咯吱响；墙也是木板拼接的，还能看到拼接处的缝隙；两张小木床中间有一张和床一样高的床头柜，另一头是电视机，承载着电视机的同样是木质的电视柜。卫生间大而空旷，温馨的飘窗设计，木制的洗手台……这间屋子的家具不似现在流行的喷漆式表面光感的木制家具，而是质朴的纯木，表面粗糙却还原了真实。面对这些，我有些吃惊：这套接近完备的单人公寓设施超出了我对于义工住宿的想象甚至期待！这一切都是真的吗？这一晚，我简单地洗漱，然后埋在厚实的羽绒被子里，做了场不真实的梦。

　　清晨的阳光透过玻璃窗，穿过轻质的窗帘洒到我的脸上。我睁开眼，已是八点了。想到燕子姐之前交代我要在清晨七点半去厨房为客人做早餐，我有些慌了神。换好衣服，赶紧冲到梳妆台前抓起梳子把凌乱的头发打理了一下就咚咚咚下楼了。

　　怀着愧疚，想着即将迎来的劈头盖脸的批评，我小心翼翼地推开楼梯的门，里面的情景却在意料之外：整个一楼大厅悄无声息的，我四处张望，却无一人踪影。难道客人们已经走了，还是他们都没起床？我看见大厅侧面有两扇门，没锁，推开瞧，一间是卫生间，旁边一间是厨房。我悄悄走进厨房，巨大的两门换气扇扇叶间有强烈得让我睁不开眼的阳光照射进来，换气扇下面有四口天然气灶，锅子被一一挂在旁边的洗碗台侧。两边的碗柜大而长，没有餐具摆放在柜台上。显然，在我之前还没有人来厨房。难道今天没客人？

吱呀一声，厨房的门被推开了。一个不高不矮的女孩子和我面面相觑。我刚想表达什么，还没说出口，她开口了："你是干什么的？"疑问中带着诧异，好像我是被逮了个正着的小偷。

"你好，我是这儿新来的义工！你是这儿的员工吗？很高兴见到你！"我打起十二分的精神友善地伸出手向她示好。

"噢，新来的。"她没有像我想象中的那样一脸鄙夷，也没有像我期待中那样笑逐颜开地和我握手，"你叫什么？她们都叫我央宗姐，你也可以这么叫！"完全不添加任何修饰的自我介绍打乱了我说话的节奏。我望着她：刘海被麻利地卡在后面，浅棕色肌肤好像是被拧干水分的毛巾，深棕色的斑点淘气地在这里那里占据一点点地盘，快把她不大不小的脸盘分割光了。她的年龄，是我未解的谜。

"央宗姐好！我叫西西。"我努力弯着嘴角。央宗姐冲我抿嘴一笑，转身走向吧台里了。

好不容易见着人，还没聊几句就走掉了，我跟过去，想从央宗姐那里挖掘更多信息："央宗姐，老板人呢？还有，这客栈怎么不见人呢？

客人们都哪儿去了？你也是被安排做早餐的吗？"问的问题太多，导致我有点上气不接下气。

央宗姐取了手套，拧开吧台里的水龙头，开始唰唰唰地擦洗杯槽里的玻璃杯。"这几天是淡季，没客人。"水槽里的杯子被碰得咣咣作响，"徐叔他们起得很晚的！"

"徐叔是这儿的总经理？你们都叫他徐叔？"看来经理挺平易近人的！央宗姐"嗯"了一声，推开我走出吧台，开始往地上喷地板油，一边喷一边拿拖把擦，很费劲的样子。

我想帮她做点什么，又不知道从哪儿下手。东看看西瞧瞧，突然发现通向大厅正门的两侧有两排一米高的书柜，里面摆着整整齐齐的书哩！想不到这客栈如此温暖周到啊！我顺势走过去，蹲在地上像扫描机一样一本一本过滤，时间久了腿麻了，就抽了一本《生命不能承受之轻》就近坐沙在发上读起来。

读到兴头上，忽然听到大厅热闹起来。紧接着，一只长一米多的金毛狗活泼地跳到大厅，随之而来的是一个穿着长度及脚踝的牛仔裙的女士，我定睛一瞧，洋气的卷曲的过耳短发下，一副很精致的脸孔：大而有神的双眼，高而挺的鼻梁，红润而有型的嘴唇。这应该就是燕子姐吧？我上前去迎接。

她圆圆的眼睛笑成一道弯，分外迷人："你是西西吧？昨晚睡得好吗？"

"看她起这么早，肯定睡得饱饱的！哈哈哈！"

我回头看，是总经理！"老板好啊，燕子姐好啊！"我对他们憨笑。

"这位小美女叫西西，我们家的宝贝狗狗也叫西西，嘻嘻！"燕子姐对经理解释。

他哈哈哈的笑声响彻整个大厅："好吧，以后我就叫你西西。你别老板老板地喊，叫我徐叔吧！这边的姑娘们都这么叫！"

"徐叔，那您跟我交代一下我该做的吧，看我怪闲的……"我腼腆地笑。

"很简单！我们这儿，嗯，你也看到了，我们是请法国设计师专门设计的，所以很受外国人欢迎！我们客栈外国人的入住率是很高的！"

徐叔一脸的自豪，"但是，我和这儿的员工都不怎么懂外语，每次外国客人来，我们只能用肢体语言，哎……"徐叔脸又阴了下来，"所以，希望你能承担翻译的工作！"我很爽快地答应了下来，然而内心又好像压了块大石头。

一直以来，我都功利地视英语如工具，需要它的时候琢磨一下，不需要的时候则把它抛至九霄云外。勉强应付考试还行，要真派上用场——我不知道能否运用好呢！哎，只能再临时抱抱佛脚了！

燕子姐叽叽咕咕和吧台里的央宗姐交谈了几句，很郑重地告诉我央宗姐是前厅这边的负责人，然后介绍我们认识。徐叔则又坐在他昨晚和朋友聊天的桌子旁，烧了开水，泡茶喝。一只猫跳到茶桌上，只听徐叔大吼一声，伸手去抓那猫，一把扼住其脖子，把它放在自己的腿上。那猫就真的安静下来，乖乖地趴他腿上。我看得出神，徐叔喊我去茶桌坐着闲聊，想到"抱佛脚"那事，我婉拒了，去捧了本英语单词来背。

在我努力"抱佛脚"的那几天里，居然一直没有金发碧眼的外国人来住。

那天亦是闲在前厅读书，一位头发白了一半的黑色瞳孔的老爷爷一脸紧张地朝我走来："Where is the多一粒？"他问我，神情有些慌张，语速很急。

"什么多一粒？"我很自然地回他。心里嘀咕着这好好的中国老爷爷干吗放着普通话不说偏偏跟我说英文啊，还说得这么仓皇。我又去看老爷爷，他一脸茫然又十分着急地看着我，一边叽里咕噜一边用手比画，发梢都沁出了亮晶晶的汗珠。看那动作，好像是个马桶模样呢。难道是"toilet"？对啊，"toilet"和"多一粒"发音是有些相似呢！我这才意识到为什么老爷爷那么着急了，原来是内急啊！我忍着笑，把他领到了卫生间，他眼神突然充满了光亮对我笑，然后一溜烟关上了卫生间门。后来老爷爷专门来对我说"但克斯"，还告诉我他是日本的，和女儿女婿来中国旅行。这次我听懂了，会意地对他笑。

就这样，在这个充满外国友人的地方，第一次用上了世界上使用最广泛的语言——英语，也完成了我的第一次义工任务。这次的交流赋予我一种直面语言困境的勇气，后来遇到好多来自世界各地的客人，和他们交流，我再也没有紧张过。

就这样，我的义工生活正式拉开帷幕了！

茶马古道重镇——独克宗

那些幽暗之光已经来临

筑城的人喊着风水的人，带着神谕的人

他们的影子贴在有荞麦、青稞的坝子里

在铁灰色的石头上，那些筑城的人来了

那些喊魂的人来了，那些藏着金子的人已来了

那些披露光芒和寒冷的人来了

那些转经的人带着迷惘的遭遇来了

那些制造战乱和死亡的人也来了

噢，光明，唯其光芒像嘴唇上的朝露

它们在胸中翻滚不息，公元约640年左右

筑城的人，在明月间摸索着日光城的石头

就这样，神谕的指纹下升起了月光之城

独克宗古城的前历史深藏在日月之城的光芒之下

犹如从传颂中披露出的一桩神秘往事

——海男

　　我是怀着古城情结的人，好像血液里始终奔腾着对那些岁月沉淀下来的并且烙上深刻印记的城池的神往。

　　高中毕业去了北方的平遥古城。一副规整标准的古城模样，纵横交错的巷道，明清时期最大的商业一条街——西大街，还有中国第一家票号"日升昌"，住在砖墙瓦顶的民居四合院里，感受这院落格局的尊卑有序，昔日繁华城池的景象和文化浮现在眼前。

　　两三年前又去了南边的凤凰城。文学巨匠沈从文的《边城》，将他魂牵梦萦的故土描绘得如诗如画、如梦如歌、荡气回肠，也将这座静默深沉的小城推向了全世界。如果说平遥似一位家财万贯的富家公子，那么凤凰古城就好像袅娜多姿的少女。沱江河的袅袅烟雾赋予这座城灵动的气息。

　　得知我工作的客栈就位于茶马古道上的独克宗古城的一刹那，我的心好像不顾身体独自驰骋去了那传说中唐仪凤、调露年间吐蕃民族建在石头上的城堡。我不由得在心中猜想，凤凰古城有文人墨客的倾力追随，平遥古城有财大气粗的晋商支撑，那独克宗呢？是什么使独克宗的价值得以升华？

内心积压着的憧憬终究爆发出来，迫使我忍不住揭开这座城的神秘面纱。吃过晚饭的傍晚，太阳照旧勤恳工作着，一丝热情也不曾褪去。我套上我的黑白条纹针织衫，取了相机便出门了。出客栈，通过一条三十米长的石板路，独克宗古城的东西大街便赤裸裸地呈现在我的眼前。整条大街由西至东呈缓慢倾斜的趋势。最古老的石板路和纯木质的低矮建筑差点让我忘了所生活的年代，临街处一座橄榄枝餐厅吸引了我的目光，温和的店牌灯上中英文并列着"橄榄枝"几个字，延伸出的两米宽的台阶上放着两套藤制桌椅，不顾低温穿着牛仔短裤和背心的一对外国情侣一边喝东西一边聊天，极其惬意的模样。他们的存在似乎提醒着我，这是真正的二十一世纪。

我没有继续游离在这条宽敞的东西大街上，那个问题依然困扰着我，是什么使独克宗的价值得以升华？

于是我走进一条小巷道。是倾斜得更厉害、凹凸不平的石板路，行走在上面，我的两个肩膀好像都是一高一低的。突然闪现三四年前在重庆磁器口的画面：那条古街规模不大，居住人口也不算多，那儿的石板路和我现在踏着的太像了，一样的会让我一不留神崴到脚。当然，异处也十分明显：磁器口好像一个人声鼎沸的贸易市场，无处不见的大喇叭冲击着你的听觉神经，挑拨着你的购买欲望，这里围着一堆吃新鲜出锅的炸麻花的，那里排着长队买毛血旺的，我也想尝尝特色风味，却没有排队的耐心，只得在人群中穿梭来穿梭去……我现在走着的这条路，绵延得看不见尽头的路，不过两三匹马并行的宽度，藏餐吧、客栈、唐卡店稀稀疏疏地这里落一户，那里安一家。店外的沟渠窄窄的，流淌着洁净的水，给人一种小溪流淌过的错觉。巷子虽然不宽，但是无甚行人，显得空旷寂寥。

我把脚步放得很慢很慢，生怕错过哪一处细节。不知不觉走到一家青稞酒店，一位戴着老式毡帽和老式黑边框老花镜的老者站在门边。我走上前，把埋藏在心中的疑惑倾吐给他。他把脑袋凑过来，仔细听着我的疑问，在我复述了两遍以后，他哈哈大笑起来，从老式中山装上衣兜里掏出一支烟，点燃，慢悠悠地开始说书：独克宗是香格里拉最古老的小城镇之一，被称为"香格里拉的足迹"。相传佛教经典中，有个神秘古城"香巴拉"，在香巴拉王国中，壮丽的雪山是外环，八瓣莲状的城中生活着香巴拉人民，而独克宗古城在建筑风格上就是按这种风格设置的，围绕古城中心的龟山呈放射状有序而自然地展开，与传说中的香格里拉王国空间布局相吻合呢！当然，这里有传说的成分。不过历史上，这座古城就是云南、四川、西藏茶马互市的通衢呢。康熙二十七年，达赖喇嘛请求互市于金沙江，朝廷允许在中甸县立市。这儿就成为滇藏贸易的重要集市。雍正、乾隆在位的时候，境内矿业兴旺，四方商贾云集。抗日战争时期，日寇占领缅甸，切断滇缅交通，大批援华物资只能越过喜马拉雅山从拉萨经滇西北运抵昆明，这里又成为滇、藏、印贸易的中转站……

我听得入了神，此时的太阳终于肯松懈了，把天空悬挂的白云都衬得微微发红，一束一束的光线投射在我身边的石头建筑上，好像镀上了一层佛光。马蹄印在石头上若隐若现。在夕阳的笼罩下，这块土地变得神圣起来。

倘若时光倒流千年。马帮部落选定了一批年轻力壮的男子，交付给他们运输物资的任务。他们不得不遵从，然后，去和家中的妻儿告别，择日便踏上了征程。洋洋洒洒的马队驮着茶叶、盐巴、布匹、沙金、铜器驰骋着，踏过葱葱郁郁的草原，越过山涧清流，来到这儿——进入藏区的第一站。奔腾了一路，颠簸了一路，到了这里，石板路上的马蹄终于可以暂时放松，赶马的青年们也终于为此前的风餐露宿画上了逗号，住进这儿好心藏族人的温暖的藏雕木板房里。豪饮几杯青稞酒，或者喝上一杯酥油茶，赶上藏家烹鸡宰牛，兴许还能吃上牦牛肉火锅或者松茸炖鸡，茶余饭后再围聚一团欣赏藏族姑娘的舞蹈，也许只有此刻才能把长途跋涉的苦难暂时抛却吧！停歇不过数日，青年们又收拾好包袱，重新启程了。他们接下来的道路还很漫长，沿途经过金沙江、澜沧江、怒江、拉萨河、雅鲁藏布江，还要翻越五座五千米以上的雪山，穿过德钦、察隅、左贡、拉萨、亚东、日喀则、柏林山口，方能抵达缅甸、尼泊尔和印度。在这期间，他们虽不如唐僧取经经历九九八十一难那样凶险和莫测，然而遭遇的困境和磨难，可能是我们永远无法想象和预料的。也许有的人成功完成行程，满载而去亦载满而归，但也许有的人，就此踏上了一条不归路。

这座古城见证了多少赶马人的人生？刻下了多少马蹄的印记？流传了多少旅途中的民歌？又繁衍了多少淳朴善良的藏族人民？这真是一座被岁月眷顾的城！

想到这里，我抬起头仰望天幕，此时太阳早已无影无踪了。我好像找到了内心的答案。忽闪忽闪的星星跳跃在深蓝的天空中，那些星星好像是赶马人的化身，他们从人间消失以后，便化作这天上的星星，照着这繁衍生息的子孙，照着这建在石头上的城堡。

藏民居之探寻

我的家乡，

雪山下圣水旁，

白云从手间飘过，

蓝天就在头顶，

一打喷嚏星星就会掉下来。

有香格里拉本地的诗人如此写道。

走在香格里拉新县城里，一座座楼房林立，恍如置身于一个被城镇化了的地方。然而回到独克宗古城便截然不同了——大片大片的古旧民居镶嵌在山间的草甸子上，那散发着岁月碾磨的气息无时无刻不在勾着你的魂，将你引入藏民居的探寻中去。

我从没有站在一个制高点上俯瞰过一个城池或者一个村庄，在去往百鸡寺的途中，在那被覆盖了青葱的草甸子的半山腰，我望到了香格里拉的藏民居。看似毫无规划可言的、矮小的一栋栋房，像极了儿时大富翁游戏里花花绿绿的指头大小的房子玩具。然而当它们不规则地这里一处那里一户铺洒在草甸上，并占满整片草地的时候，这种人口的壮观和气势竟好像要胜过簇拥它们的崔嵬山脉。它们是香格里拉背景一样的东西。不同于高速发展的城市的背景，它们没有车水马龙，亦不同于丽江的大研古城，它们没有灯红酒绿。它就是依仗着它的精密深深地扎在土地里，迎着冬天恶劣的冷空气，迎着香格里拉每一个新生命的降生，迎着马帮部落的迁徙，迎着一轮又一轮岁月的洗礼。

我曾指着独克宗古城里最寂静处的一处屋舍问当地居民——一位蓄着山羊胡子的、皮肤沟壑纵横的老者："为什么到了现在你们还愿意居住在这样原始的屋子里？"

他回我以深沉含蓄的眼神："小姑娘，你不知道啊，这可是我们的根！"

我被老者的话惊住了。杵在这处屋舍前，凝神注视被老者称作根的屋舍。

数百年前，在世界屋脊青藏高原的东南端这片沃土上，生活着一群勤劳勇敢的人。岁月的变迁使他们渐渐学会用土来夯就厚实的墙壁。严寒的冬日刮大风的时候，他们再也不会无处躲避，遇到敌人或野兽袭击的时候，他们也可以回到属于自己的温馨的避风港。民居的一楼圈养牲畜，二楼住人，三层可晾晒和储存谷物粮草，在三层的平顶之上，加盖一个坡屋顶，使之形成一个阁楼，这样未干的粮食和杂物也有了栖居之所。由于人与牛羊同处一地，因而在战乱纷飞的时节，他们的财产也不易损失。只要牛羊还在，人们的衣食也就无忧；只要牛羊还在，牧人们的希望就不会破灭。

这样久经沧桑流转的屋舍，不是当地居民的根，那是什么？

究竟是好奇心作祟，我又问老者，他住的房屋也像眼前的这座一样大小吗？具体有多大？

老者捋了捋山羊胡子，咧开嘴来笑，露出嘴唇间疏松牙齿的缝隙。

"我们不像你们那样算房屋的面积！"

"那你们怎么知道自己居住的面积有多大呢？"我愈发好奇了。

"我们啊，都以柱子的多少来区分房屋的大小！大的屋子，支撑它的柱子就多，小的屋子，支撑它的柱子就相对少。"老者昏黄的眼神里掩饰不住难得的骄傲。

在土地尚未升值为寸土寸金，一个卫生间的面积尚不值得付出半年劳动力的古代，这还真不失为一个粗略比较面积大小的好法子！我暗自感叹，也不免有些压抑。

老者并不在意我内心情绪的更迭，我也不忍心终止这场难得的自豪感的蔓延，老者的神态更加飞扬了。

"你知道不，我家房屋中间的那根大柱子啊，我环起手臂抱它都抱不住啊！"老人染上白霜的眉毛挑了起来，几乎要贴到额头的发际。

我不明白柱子粗是怎样让老者生出自豪感的，有些尴尬，不知如何回应，生怕老人说的是苹果好吃而我却回以苹果种植确实不容易这样牛头不对马嘴的话来。

回去问徐叔，在前厅坐着喝茶的徐叔大笑起来："你知道吗，那老头是在向你炫富呢！哈哈哈……"见我丈二和尚摸不着头脑的样子，徐叔继续说，"你有所不知啊，藏族人家是有很多柱子的，房子面积越大，柱子就越多！那位于房屋中央的柱子啊，还有深意，它承受的力量最大，是整栋房子的支撑啊！藏族人是真的非常重视这根柱子，往往挑选最粗最大的木头来做中柱，以显家庭殷实；不仅如此，藏族人还习惯把一家之主也比喻为'中柱'，意思就是家里的依靠。久而久之，人们赋予了中柱许多含义，如认为中柱有镇宅、招财、迎祥等种种作用。平日里，人们都对中柱悉心管理、爱惜有加。那老头跟你说他家柱子粗，就是在显摆他们家家境殷实啊！哈哈哈。"

我这才恍然大悟："原来中柱在当地人心中还有如此多的意义！"

"不仅是中柱呢！"燕子姐走过来参与到我们的话题中，"你看他们的风马旗，也充满了意义！"

我看看徐叔，他一副木讷的样子，我亦不明白："什么是风马旗？"

燕子姐得意地笑："看你俩傻了吧。风马旗就是你们看到的藏民居上面的红、黄、绿、白等布做的经幡啊，那个也叫风马旗！风马旗上寄托了太多心灵和顿悟的东西，有祈祷、希望、祝愿，还有发自心底的虔诚，几乎把人间能有的美好愿望都写在上面了。"

　　"那还有藏民居里门、梁柱和四壁的装饰呢，在墙壁的彩绘中，好多都绘制了八宝吉祥的图案呢，莲花出淤泥而不染的品质，被视作开悟烦恼的菩萨德行的象征啊！你看那藏民居的门的装饰图案，也常常能挖掘出一些几何纹、象形文字之类的，这些东西的表意功能真的是我们解读一辈子都解读不完的！"徐叔也争着表达起来，我好像从他的话语中感觉到了那位老者说话时的自豪感。

　　是啊，藏民居是当地人生活居住的载体，不也正是藏文化的载体吗？大到整个建筑，小到建筑里的每一根柱子、每一幅壁画、每一个火塘、每一面风马旗，它们还没有成为民居一员的时候，本没有被赋予这样或那样的意义及价值，然而，当它们进入民居这个充满了人文气息的建筑里，也就被主人赋予了意义，于是各自安身立命承担了物质功能及文化功能。

　　一座建筑本没有生命，一旦被注入了人的情感和灵魂，那便从此与众不同。

与青春有关的日子

　　坐于图书阅览室窗边，在笔记本电脑上读文献。累了就望望窗外，让足有七层楼高的一排法国梧桐扫去我的倦意。

　　突然窗外传来一阵喧闹声，向外看去，原来是一群手拉着手的小学生在队伍最前方举着小旗的老师的引导下来这所大学春游。

　　"你们看，这座建筑上写了三个什么字呀？"老师温柔的声音通过扩音器飘荡在校园里。

　　"图书馆！"机灵又活泼的孩子首先嚷了出来，队伍里一阵熙熙攘攘声。

　　"图书馆就是这所大学里的大哥哥大姐姐看书、上自习的地方哦！"高扬的声调里透着神秘又怀着道不明的敬畏。

　　如果我是小学或者幼儿园的老师，我会这样向我的孩子们解释图书馆这个名词，"图书馆，在老师看来，就是我们无论待多长时间也不会腻的地方，是足不出馆就能环游世界的地方，是我们可以无知也无畏地大剌剌地做白日梦的地方。"

正值春天，是最适合在图书馆消磨时光的季节。

五年前的春天，是我在大学校园里度过的最后一个春天。

那时的我整日泡在图书馆，读大量的相关书籍，在某一扇桃花映面的窗下，端庄地用笔一字一句撰写我的毕业论文。

后来毕业论文答辩的时候，一位德高望重的教授语重心长地对我说："我知道你的这篇论文刚在上海大学生电视节上获了奖，你的这些文字确实让我陶醉，但是当它作为一篇论文，那么我认为文学性色彩太浓，理想化气质积郁得让人晕厥。"

我勉为其难地笑笑，图书馆的春天真叫我爱做梦。

那个春天，一位在杂志社实习的同学，约我写一篇名人小传的稿子，可自己择定具体的人选。脑海里第一个冒出的竟然是三毛——陈懋平。不知是因为她出生在春天，还是她骨子里的不羁、烂漫和深情糅杂着辟出一道春光。

我找来图书馆收藏的她所有的书，一本一本地精读。有的时候在椅子上坐累了，就干脆靠着书架席地而坐，耳朵里循环播放的是《追梦人》。

让流浪的足迹在荒漠里写下永久的回忆

飘来飘去的笔迹是深藏的激情你的心语

前尘后世轮回中谁在声音里徘徊

痴情笑我凡俗的人世终难解的关怀

读三毛的文字，便是在这世上极端得毫无二致的热的荒漠发掘一片清新的绿洲。一开始读出来的是欢快，是明朗，是火热，是五彩，渐渐地读出来的况味，就如同近乎初冬的气候，在原本期待着炎热烈日的心情下，大地转化为一片诗意的苍凉。

三毛是我读到的理想化气息最重的女子。

正如她自己所讲的："自由自在的生活，在我的解释里，就是精神的文明。""长久被封闭在这只有一条街的小镇上，就好似一个断了腿的人又偏偏住在一个没有出口的巷子里一样寂寞，千篇一律的日子，没有过分的快乐，也谈不上什么哀愁。没有变化的生活，就像织布机上的经纬，一匹匹的岁月都织出来了，而花色却是一个样子的单调。""生命的过程，无论是阳春白雪，青菜豆腐，我都得尝尝是什么滋味，才不枉来走这一遭！"

二十岁出头的女孩子，本就是爱做梦的年纪。

就在大学的图书馆里，我疯狂扫读大量的名人传记，构想未来我的人生的N+1种可能性。

我想我可以凭借自己的故事构架能力成为一名编剧，或许有一天我也能成为导演，也或许会成为一位作家，搞不好，也可能是一名致力于社会新闻深度调查的记者！

后来我真的去做了记者，也尝试了纪录片解说词撰写的工作，还在二十四岁出头的年龄出版了一本书，而且还即将出版自己的第二本书。

我也尝试着做英语培训机构的辅导老师，花了两年的时间体验大学里辅导员的工作，甚至也去香格里拉独克宗古城体验了一个多月的义工生活，买菜、烧菜、送餐、洗盘子、写菜单、涂墙漆、导游、陪聊、遛狗。

离导演的路似乎越来越远了，但是编剧说不定将来还有机会尝试。那个写出了爆红的青春电影剧本《那些年，我们追过的女孩》的编剧九把刀，人家也是社会学硕士呢。

生命的过程，无论是阳春白雪，还是青菜豆腐，都得尝尝是什么滋味，才不枉来走这么一遭！

有段时间，我所在的寝室的女孩们热衷夜聊。

从食堂哪个窗口又新出了什么菜品聊到后街卖重庆麻辣烫的小女孩的身世，再聊到某专业课老师上课时的姿态及口头禅，从电影鉴赏课的作业聊到最新上线的电影，再聊到国际巨星的穿搭和东大街骡马市商场的活动。

也聊文学，聊彼此的梦想，聊与我们有关的爱情。

天南海北的孩子之间总存鸿沟，而梦想，是唯独能渡我们到彼此世界的船。

我们认为，最有可能去经营一家格子铺的女孩成了大学辅导员；我们认为，最有可能成为老师的人后来辞职去开了一家格子铺。

叫我们最猜不透其梦想的女孩经营了一家餐厅。

那个整日致力于瘦身的胖女孩，瘦成了一道闪电；那个瘦得几乎只剩皮包骨的女孩，越来越丰满。

没有什么不在变化，梦想也是。

现实仿佛是一道光亮，而梦则如同晶莹剔透的冰块，离现实越近，梦的身躯越缩得小了些。

我们的成长，是于责任感的意识开始。

对自己负责，对他人负责。

多年后再回想那个未央湖公园的春天，我们为了省门票翻墙进园。

后来在划船中我们因无意中折损了一只桨，有组织有计划地冒险将船划到小桥旁不足半米宽的石墩边，逐一弃船跳至石墩上，被眼尖的租船老板发现，在其工作人员的一路追逐下仓皇逃走。

还有刚入学的那个冬天，我们迎着西北凛冽的风，聆听着钟楼十二点钟声敲响，握着冰淇淋蛋筒，阔步走在空无一人的西大街。

所有疯狂的小事都被尘封在记忆里，恐怕再也不会情景重现了。

但是正是它们，连同我们的梦，构成了整个青春。

于图书馆的怀想。